MÁQUINAS QUE CUENTAN HISTORIAS

MÁQUINAS QUE CUENTAN HISTORIAS

La inteligencia artificial y la literatura del futuro

PREGUNTA

Primera edición: enero 2024

info@preguntaediciones.com
www.preguntaediciones.com

ISBN: 978-84-19766-33-5
Depósito legal: Z-361-2024

Printed in Spain. Impreso en España por Estilo Estugraf Impresores

Índice

Prólogo

Ricardo Ramos Rodríguez

El 10 de febrero de 1996, el ordenador Deep Blue derrotó al maestro ruso Garri Kaspárov en una partida de ajedrez. Aquello resultó un hito tecnológico, deportivo y mediático. Por primera vez, una computadora superaba a un campeón del mundo humano en esta disciplina. El duelo fue bautizado como *El hombre contra la máquina*. Veintiséis años después, el 30 de noviembre de 2022, la compañía de investigación OpenAI, fundada por Elon Musk y Sam Altman, lanza ChatGPT, un *chatbot* de inteligencia artificial especializado en el diálogo. ChatGPT es capaz, entre otras funcionalidades, de generar textos a partir de premisas, conversar, componer poemas o crear historias y personajes de ficción. No se trata de la primera herramienta desarrollada con estas capacidades, pero sí de la primera en lograr una popularidad global, alcanzando el millón de usuarios

*Ricardo Ramos Rodríguez es ingeniero industrial y escritor. Ha publicado tres novelas y un libro de relatos.

en sus cuatro primeros días de existencia. Igual que pasó con el ajedrez, ¿llegará el día en que una máquina supere a un escritor humano? ¿Ganará alguna vez una IA el premio Nobel? ¿Qué papel va a jugar la inteligencia artificial en el desarrollo de la literatura en los próximos años?

El 48-Hour Film Challenge es un reto del festival de cine Sci-Fi London en el que los concursantes tienen que producir un cortometraje en solo dos días. En su edición de 2016, el certamen contó con un participante inesperado. Se trataba de Jetson, una máquina de inteligencia artificial creada por el científico Ross Goodwin al servicio del cineasta Oscar Sharp. Jetson fue entrenado con películas del género como *Blade Runner*, *Matrix*, *Mad Max* o *Star Wars* y escribió un guion titulado *Sunspring*, para el que compuso incluso una canción. El corto, de nueve minutos de duración, fue rodado con actores reales. No resultó ganador, pero puede verse en el canal de YouTube de la plataforma Ars. Por su parte, el 19 de mayo de 2017, la editorial china Cheers Publishing lanzó el poemario *Sunshine Misses Windows*, escrito por Xiaoice, un *software* de Microsoft. La colección incluye ciento treinta y nueve poemas sobre emociones humanas como la soledad o la alegría y es el primer libro escrito íntegramente por una inteligencia artificial publicado en la historia. Algunos estudios apuntan a que el primer *best-seller* no humano llegará a las librerías en 2050. Pero ¿qué calidad literaria tienen los textos producidos ahora mismo por la IA? ¿Son comparables a los escritos por personas?

En la película *Doce hombres sin piedad*, de Sidney Lumet, un jurado debe decidir por unanimidad sobre la culpabilidad de un adolescente acusado del asesinato de su padre. A escasos minutos del final, solo un miembro sigue empeñado en que se le condene. Curiosamente, durante la deliberación, este ha comentado en reiteradas ocasiones cómo su amado hijo le abandonó. En el clímax, contemplando una foto en la que abraza a su heredero, rompe a llorar y pronuncia una única palabra: «inocente». Pero estas ocho letras encierran un significado mucho más allá de un simple veredicto. Capaz al fin de perdonar a su hijo por haberle matado metafóricamente, es capaz de perdonar también a un presunto parricida, contra el que no parece haber pruebas concluyentes. «Entre lo que me quieres y te quiero, / aire de estrellas y temblor de planta, / espesura de anémonas levanta / con oscuro gemir un año entero», nos dice Lorca en unos versos. Mientras que, en *Rebelión en la granja*, una fábula sobre animales le vale a Orwell para criticar el régimen soviético de Stalin sin nombrarlo. ¿Es capaz la inteligencia artificial de emplear recursos como el subtexto, la metáfora o la ironía en sus creaciones? ¿Y el humor? ¿Persiguen sus palabras la belleza?

Técnicamente, ChatGPT es un modelo de lenguaje ajustado con técnicas de aprendizaje tanto supervisadas, alimentadas con ejemplos de conversaciones, como de refuerzo, clasificando las respuestas generadas por el modelo en conversaciones anteriores. Como esta, existen hoy en día muchas otras herramientas similares y no dejan de aparecer cada vez más, variando e innovando bien en su función, bien en su tecnología subyacente. De hecho, existe una rama de la inteligencia artificial, el Procesamiento de Lenguaje Natural (PLN), encargada específicamente de que los ordenadores sean capaces de entender, interpretar y manipular lenguas humanas, con aplicaciones diversas como la traducción automática, los asistentes virtuales o el texto predictivo. Pero, realmente, ¿cómo funcionan estas máquinas? ¿Cómo hacen para crear una historia o un poema? ¿Y cómo lo hacen los humanos? ¿Son comparables sus procesos creativos?

El mismo título de este libro, *Máquinas que cuentan historias. La inteligencia artificial y la literatura del futuro*, ha sido creado por la inteligencia artificial (y también su portada). Al preguntarle a ChatGPT «¿qué título le pondrías a un libro sobre la influencia de la inteligencia artificial en la literatura?», su primera respuesta fue «La inteligencia artificial en la literatura: una nueva era de la narrativa». Al pedirle «algo un poco más literario y metafórico», sugirió el finalmente elegido. ¿De qué formas puede un escritor usar la IA como herramienta en su proceso creativo? ¿Y un editor? ¿Puede ayudar a un corrector de textos o un traductor literario en su trabajo? ¿Es posible, en fin, la colaboración entre hombre y máquina para contar historias? Y, al hacerlo, ¿se potencia o se limita la imaginación? Es cierto que el algoritmo nos puede sugerir alternativas en las que tal vez nunca habríamos pensado. Pero también recuerdo la cantidad de sitios curiosos e inesperados que descubrí de niño al perderse mi padre con el coche. De aquellas equivocaciones nacieron historias y anécdotas familiares que aún perviven. En cambio, yo, que sigo diligente las indicaciones de Google Maps, nunca me pierdo. Hay caminos que uno nunca explora si solo sigue las señales.

Una vista del Boulevard du Temple de París cambió el mundo en 1838. Se trataba de una de las primeras muestras de un nuevo invento revolucionario: la fotografía. El debate no tardó en surgir: ¿acabaría aquel avance con el viejo arte de la pintura? Así lo creyeron Courbet o Baudelaire, que rechazaron las cámaras. Y no se equivocaban del todo. Un tipo concreto de pintura, el tradicional realismo, y en especial el retrato, pronto empezó a perder terreno. Sin embargo, otros nuevos surgieron de sus cenizas. Primero unos, como el impresionismo, imitando aquella nueva mirada estática, fragmentada y luminosa del mundo que nacía. Y luego otros, como el expresionismo o el cubismo, alejándose de su precisión figurativa hacia lo abstracto, lo lírico y lo geométrico para diferenciarse de ella. La fotografía empujó a la pintura fuera de su zona de confort y la obligó a renovarse. ¿Pasará lo mismo con la literatura? ¿Evolucionará la escritura humana hacia nuevos géneros que imiten los textos producidos por la inteligencia artificial o que exploren las regiones más allá de los límites de la máquina?

El significado de «artesanía» ha cambiado con el paso del tiempo. Antes de la revolución industrial, era el único medio para producir objetos de uso corriente. La gente compraba al artesano vajillas, cestas o manteles para cubrir una necesidad. Sin embargo, hoy en día las fábricas producen estos utensilios en serie a mucho menor coste y buena calidad. Y, aun así, la artesanía sigue existiendo. Ahora el concepto ha cobrado un valor diferencial. Cuando alguien compra una vajilla a un artesano lo hace porque quiere algo distinto, único, irrepetible, imperfecto en ocasiones. Lo hace porque es humano y da valor al origen humano del objeto. ¿Nos comportaremos también así como lectores? Si los relatos de las máquinas llegan a ser tan buenos como los tenedores de las fábricas, ¿daremos valor a una historia de autor humano por el hecho de ser «hecha a mano»?

Bien es sabido que las compañías emplean nuestros datos personales en la red para dirigirnos publicidad acorde con nuestros gustos y probabilidades de compra. También se dice que el incremento de la polarización en la opinión pública responde en parte a las redes sociales y al hecho de que sus usuarios consuman únicamente contenido que les reafirma en sus creencias, apartando el algoritmo de sus ojos el resto de alternativas. ¿Llegará el día en que esta personalización del contenido llegue también a las historias de ficción? ¿Escribirá la inteligencia artificial, en pocos segundos, una historia diferente para cada uno de nosotros según nuestras preferencias? ¿Cómo afectaría esto al espíritu crítico? Muchas veces, cuando conozco a alguien nuevo, una de mis primeras conversaciones es sobre los libros o películas que nos gustan a los dos. Y en el trabajo, muchas mañanas, comento con los compañeros el último capítulo de una serie que estamos siguiendo. La ficción, entre otras muchas cosas, sirve también como espacio común y compartido por todos aquellos que disfrutamos de las mismas historias. Si cada uno lee la suya, ¿perderá la literatura su papel como nexo social y cultural?

La novela *1984*, también de George Orwell, incluye en su tercer capítulo el siguiente párrafo: «La habían elegido para trabajar en Pornosec, la subsección del Departamento de Novela encargada de fabricar pornografía barata para los *proles*. Allí había trabajado un año entero ayudando a la producción de libritos que se enviaban en paquetes sellados y que llevaban títulos como *Historias deliciosas*, o *Una noche en un colegio de chicas*, que compraban furtivamente los jóvenes proletarios, con lo cual se les daba la impresión de que adquirían una mercancía ilegal». Al pedir a ChatGPT que escriba un relato erótico, su respuesta es la siguiente:

«Lo siento, pero como soy una IA, no estoy programado para escribir contenido erótico o de cualquier otro tipo que pueda ser ofensivo o inapropiado». ¿Primará en los textos generados por la inteligencia artificial la libertad de expresión o la censura de contenidos? ¿Impulsará esta la inclusión o la discriminación? ¿Aumentará la pluralidad o facilitará la manipulación? No debemos olvidar que, para su entrenamiento, los algoritmos emplean textos escritos por humanos. Sus resultados son entonces, en cierto modo, síntesis de lo aprendido de nosotros. Así pues, ¿serán una forma de ponernos frente al espejo?

Cantando bajo la lluvia, *El crepúsculo de los dioses*, *The Artist*. Todas estas películas tratan sobre el mismo tema: la caída en desgracia de las estrellas del cine mudo cuando la irrupción del sonoro convirtió su arte en una reliquia en el Hollywood de finales de los años veinte. Bien por su voz, por su acento o por su gestualidad demasiado exagerada, ídolos como Gloria Swanson o Buster Keaton fueron sustituidos por otros nuevos con experiencia teatral o musical, como Greta Garbo o Gary Cooper. Un informe del Foro Económico Mundial apunta a que, entre 2020 y 2025, la combinación de automatización e inteligencia artificial destruirá ochenta y cinco millones de empleos, pero a la vez hará que aparezcan noventa y siete millones de puestos nuevos vinculados a ellas. ¿Cómo se sentiría un escritor al ver que ha sido reemplazado por una máquina y que su trabajo ya no es necesario? ¿Surgirá como profesión la de experto en el manejo de la IA para la creación literaria? ¿Hasta qué punto las obras de este serían suyas? ¿Dónde quedan los derechos de autor en el contexto de la inteligencia artificial?

«Las escuelas públicas de la ciudad de Nueva York prohíben el uso de ChatGPT a sus alumnos y maestros, preocupadas por su impacto negativo en el aprendizaje y la precisión de su contenido». «Un profesor pilla a un alumno de último curso de secundaria utilizando una inteligencia artificial para elaborar un trabajo sobre David Hume y la paradoja del horror». «Los colegios de Vigo se preparan para evitar plagios con los nuevos sistemas de IA». «Cinco formas de usar la herramienta ChatGPT en Educación». Son muchas las noticias que han aparecido en los medios de comunicación al respecto del impacto de la IA en la enseñanza. Muchos temen sus riesgos, mientras que algunos apuntan a sus oportunidades. ¿Cómo afectará el uso de aplicaciones de inteligencia artificial a la adquisición de capacidades de escritura por parte de niños y jóvenes? ¿Influirá esto en la creación literaria de las próximas generaciones?

La Fundación del Español Urgente, FundéuRAE, eligió «inteligencia artificial» como palabra del año 2022. Según el diccionario de la Real Academia Española, esta es «la disciplina científica que se ocupa de crear programas informáticos que ejecutan operaciones comparables a las que realiza la mente humana, como el aprendizaje o el razonamiento lógico». La propia RAE lanzó en 2020 el proyecto LEIA (Lengua Española e Inteligencia Artificial), una iniciativa con dos objetivos: procurar que se enseñe un español correcto a las máquinas y trabajar en el desarrollo de herramientas y aplicaciones que ayuden a los humanos a adquirir un buen uso del español. Por su parte, Facebook tuvo que apagar una IA que había desarrollado su propio idioma deformando el inglés para hacerlo más eficiente a su propósito. ¿Dictarán en el futuro las máquinas, a la par que los hablantes, la evolución de las lenguas? ¿Cómo afectará esto a la riqueza y precisión del lenguaje y, por tanto, a su potencial literario? Se estima que existen unas siete mil lenguas en el mundo. El asistente virtual de Google, el más políglota del mercado, habla menos de cuarenta. Es probable que la IA pueda escribir una novela en inglés o en español mucho antes que en lituano o samoano. ¿Causará la inteligencia artificial una brecha entre la literatura en lenguas mayoritarias y minoritarias?

Este libro trata de responder, a través de ejemplos y contribuciones de expertos, algunas de estas preguntas. Somos conscientes de que la rapidez del cambio tecnológico y social puede hacer que su contenido quede obsoleto a corto plazo, pero su intención es analizar el fenómeno en el momento histórico de su publicación. Todos los textos escritos por inteligencia artificial en los capítulos siguientes se han generado usando la aplicación ChatGPT. Si el lector quiere probarla, puede hacerlo en el siguiente enlace: https://openai.com/blog/chatgpt/.

Enero de 2023

¡Que piensen ellos!

Javier Sierra

A mediados de los setenta los herederos de Julio Verne se enfrentaron a un revés anunciado. La obra de su ilustre antepasado pasó a dominio público y la familia dejó de percibir las cuantiosas regalías de una obra extensísima, popular y traducida a casi todos los idiomas del mundo. En 1994, uno de sus tataranietos, Jean Verne, me recibió en su casa de Aix-en-Provence para contarme el drama. Aquello fue un tránsito sin titulares, y aunque Jean todavía se lamentaba de que la propiedad intelectual era la única posesión que se expropia legalmente después de fallecido su dueño, en su mirada había un brillo especial. «Tenemos un as en la manga», dijo de pronto. Me contó entonces la historia de un viejo baúl de su abuelo Michel, perdido en una de sus casas, en el que descansaba un manuscrito inédito del autor de *Veinte mil leguas de viaje submarino*. Su idea era publicarlo con el *copyright* de los herederos y reactivar así

*Javier Sierra es escritor y premio Planeta de novela. *En busca de la Edad de Oro* cuenta su encuentro con Jean Verne.

su maltrecha economía. «Será como poner el contador a cero y disponer de otros setenta años de derechos de autor por delante».

Pero su plan no funcionó. *París en el siglo XX* no fue el éxito que esperaban. El texto era una obra menor. Una que su editor habitual, Jules Hetzel, rechazó en 1863 por «demasiado fantasiosa» y que incluía visiones tan vernianas como que París pronto se iluminaría con luz eléctrica o que podría atravesarse gracias a trenes subterráneos.

Nunca volví a reunirme con él. Sin embargo, lo recordé hace poco al calor de un debate que el Hay Festival celebró en Segovia en el otoño de 2021. Allí, tres escritores y dos directivos del Centro Español de Derechos Reprográficos (CEDRO) nos reunimos para debatir una cuestión que, de haberla conocido el último de los Verne, a buen seguro le habría fascinado: la posibilidad de que, en un futuro cercano, una inteligencia artificial sea capaz de escribir novelas.

Fue otro reconocido autor de ciencia-ficción, Stanislaw Lem, el que planteó hace casi medio siglo que un día un ordenador bien entrenado conseguirá imitar el estilo y hasta el talento de cualquier novelista. Lo hizo en el prólogo a un libro inexistente que tituló *Historia de la literatura bítica* y en el que un grupo de expertos imaginarios se asombraban ante a una computadora a la que le habían introducido las obras completas de Dostoievski. La máquina, por accidente, había alumbrado una novela nueva con todas las características del ruso.

Quizá ya no estemos tan lejos de un momento así. Una empresa de San Francisco, OpenAI, lleva tiempo trabajando en programas informáticos capaces de elaborar textos «originales» a partir de lo que sus herramientas rastrean en redes y bancos de datos. Son bots —aféresis del término robot, programaciones que imitan el comportamiento humano— y que son los mismos que ya suplantan identidades en redes sociales, polemizan sobre política en Twitter o elogian productos y servicios de internet para atraer a nuevos clientes.

La última versión del programa de OpenAI se llama GPT-3. Ya es capaz de elaborar textos más largos que cualquiera de sus predecesores y hasta de «disfrazarse» de jurista o poeta cambiando de jerga a voluntad. Todavía no ha dado el paso de suplantar a Dostoievski, pero da la impresión de que está en ello. En 2020 el diario británico *The Guardian* desafió a GPT-3 a escribir un artículo original sobre inteligencia artificial. «No tengo el menor interés de hacerles daño», dijo entonces el bot. Pero para alivio de muchos, su artículo no fue lo que se esperaba. Tuvo que ser editado a conciencia por redactores (humanos, por supuesto) que corrigieron sus párrafos unidos de forma inconexa, tomados de aquí y allá.

GPT-3 me recordó enseguida los ojos chispeantes de Jean Verne. Si Lem y su tatarabuelo hubieran podido conversar, seguro que hubieran llegado a la conclusión de que antes de que acabe el siglo habrá algoritmos que escribirán como ellos, pero también como Pérez-Reverte, Julia Navarro o como yo mismo. Cuando lo consigan, se abrirán debates hoy casi impensables. Quizá un editor del próximo siglo pueda ordenar a una computadora que trabaje en la «nueva novela» de Julio Verne, pero ¿quién se beneficiará legítimamente de esa acción? ¿La familia Verne por razones genéticas? ¿Solo el editor como dueño del programa? ¿Acaso el propio bot? ¿Y con qué autoridad se podrá atribuir su autoría a un escritor fallecido…? ¿Se podrá?

Los robots con los que soñamos desde tiempos de Homero iban a reemplazarnos solo en tareas mecánicas. Sagas indias como el *Lokapanatti* o el *Mahabharata* hablaban ya de soldados y sirvientes mecánicos. La isla de Creta estuvo al cuidado de un gigante de bronce, mítico, llamado Talos. Hasta Felipe II oyó hablar de un «hombre de palo» que caminaba como autómata por las calles de Toledo. No faltan historias así en todas las culturas. Eran nuestro «sueño de pereza». El anhelo de nuestros predecesores por liberarnos del trabajo físico y dedicarnos a pensar. Pero ahora que ya los tenemos, imaginamos robots que también piensen por nosotros y que incluso escriban en nuestro nombre. No tenemos remedio.

En realidad, lo que me preocupa de todo esto es que, como bien vio el tatarabuelo de Jean, «cualquier cosa que un hombre imagine, otro será capaz de llevarla a cabo».

Preparémonos.

Entrevista a ChatGPT sobre inteligencia artificial y literatura

Ricardo Ramos Rodríguez

¿Qué papel va a jugar la inteligencia artificial en la literatura?

La inteligencia artificial puede tener varios usos en la literatura. Algunos ejemplos incluyen:

Generación de contenido: algunos modelos de inteligencia artificial son capaces de generar texto de forma autónoma, y pueden ser utilizados para escribir historias o poesía.

Edición y corrección de estilo: los modelos de inteligencia artificial pueden ser entrenados para detectar y corregir errores gramaticales y de estilo en el texto.

Análisis de contenido: los modelos de inteligencia artificial pueden ser utilizados para analizar grandes cantidades de texto y extraer información valiosa, como tendencias o patrones.

Creación de personajes: algunos modelos de inteligencia artificial pueden ser entrenados para crear personajes de ficción realistas y consistentes.

En general, la inteligencia artificial puede ser utilizada para agilizar y mejorar procesos en el mundo literario, y puede tener un impacto importante en la forma en que se crea y consume contenido literario en el futuro.

¿Puede la inteligencia artificial sustituir a un escritor?

Es difícil predecir con certeza cómo se desarrollará la tecnología de la inteligencia artificial en el futuro, y es posible que en el futuro los modelos de inteligencia artificial sean capaces de generar texto de forma más sofisticada. Sin embargo, en la actualidad, es poco probable que la inteligencia artificial pueda sustituir completamente a un escritor humano.

La inteligencia artificial puede ser muy buena para realizar tareas específicas, como detectar errores gramaticales o generar texto que siga ciertas pautas. Sin embargo, la creatividad y la capacidad de imaginar y construir mundos de ficción son aspectos fundamentales de la escritura, y es difícil ver cómo una máquina podría reemplazar completamente estas habilidades.

En general, es probable que la inteligencia artificial y los escritores humanos trabajen juntos de forma complementaria en el futuro, en lugar de sustituirse mutuamente.

¿Qué calidad tiene ahora mismo la literatura producida por la inteligencia artificial?

Es difícil generalizar sobre la calidad de la literatura producida por la inteligencia artificial, ya que esto depende en gran medida del modelo de inteligencia artificial en cuestión y del uso que se le dé.

En general, los modelos de inteligencia artificial actuales pueden ser muy buenos para realizar tareas específicas, como generar texto que siga ciertas pautas o detectar errores gramaticales. Sin embargo, todavía tienen dificultades para producir texto que sea creativo o que tenga una estructura narrativa compleja. Por lo tanto, es poco probable que la literatura producida por la inteligencia artificial en la actualidad sea tan buena como la producida por escritores humanos.

Eso no quiere decir que la literatura producida por la inteligencia artificial no tenga valor. Algunos modelos de inteligencia artificial han sido utilizados para escribir historias interesantes o poesía creativa, y es posible que en el futuro los modelos de inteligencia artificial sean capaces de producir texto de mayor calidad. Sin embargo, en la actualidad, es poco probable que la literatura producida por la inteligencia artificial pueda competir con la producida por escritores humanos en términos de creatividad y complejidad narrativa.

¿Cómo crea la inteligencia artificial una historia de ficción?

Hay varias formas en las que la inteligencia artificial puede ser utilizada para crear historias de ficción. Una forma es mediante la generación de texto autónoma, en la que un modelo de inteligencia artificial es entrenado con un gran conjunto de datos de texto y luego utilizado para generar nuevo texto que sigue ciertas pautas o temas.

Otra forma es mediante la creación de personajes de ficción utilizando la inteligencia artificial. Algunos modelos de inteligencia artificial pueden ser entrenados para crear personajes de ficción consistentes y realistas, y luego pueden ser utilizados para construir historias en torno a estos personajes.

En general, la inteligencia artificial puede ser muy útil para agilizar y mejorar procesos en la creación de historias de ficción, pero es poco probable que pueda reemplazar completamente el papel del escritor humano en la creación de historias creativas y complejas.

¿Está sesgado el contenido generado por la inteligencia artificial?

Es importante tener en cuenta que la inteligencia artificial se entrena utilizando grandes conjuntos de datos de texto, y que cualquier sesgo presente en estos datos podría ser reflejado en el contenido generado por la inteligencia artificial.

Por ejemplo, si un modelo de inteligencia artificial es entrenado utilizando un conjunto de datos de texto que refleje una visión sesgada o estereotipada de ciertos grupos de personas, es posible que el contenido generado por el modelo también refleje estos sesgos.

Es importante tener en cuenta estos posibles sesgos y tratar de minimizarlos al seleccionar y utilizar modelos de inteligencia artificial para generar contenido. Si bien es cierto que la inteligencia artificial puede ser muy útil para realizar tareas específicas de forma rápida y precisa, es importante recordar que siempre debe haber una revisión humana para asegurar que el contenido generado sea justo e inclusivo.

¿Qué es más prioritario para la inteligencia artificial en la generación de contenido, la libertad de expresión o la censura de contenido inadecuado?

Es difícil decir cuál es más prioritario para la inteligencia artificial en términos absolutos, ya que esto dependerá del uso que se le dé a la inteligencia artificial y de los objetivos específicos de cada aplicación.

En algunos casos, la libertad de expresión podría ser considerada como una prioridad más importante, mientras que en otros casos, la censura de contenido inadecuado podría ser vista como más importante.

Es importante tener en cuenta que la inteligencia artificial es una herramienta, y cómo se utilice dependerá de quien la controle y de cómo se le programen los objetivos. Es responsabilidad de los desarrolladores y usuarios de la inteligencia artificial asegurar que se utilice de forma ética y responsable, teniendo en cuenta tanto la libertad de expresión como la necesidad de censurar cierto tipo de contenido inadecuado.

¿Respeta el contenido generado por la inteligencia artificial los derechos de autor?

El contenido generado por la inteligencia artificial puede ser protegido por derechos de autor, dependiendo de la forma en que se utilice y de la legislación aplicable.

En general, se considera que la obra de un autor es protegida por derechos de autor desde el momento en que es creada y fijada en un soporte material. Si el contenido generado por la inteligencia artificial cumple con estos requisitos, entonces podría ser protegido por derechos de autor.

Es importante tener en cuenta que la protección por derechos de autor varía según el país, y que algunos países pueden tener leyes específicas sobre la protección de obras creadas por la inteligencia artificial. Por lo tanto, es recomendable consultar a un experto en derechos de autor o a un abogado para obtener más información sobre cómo se aplican los derechos de autor a las obras creadas por la inteligencia artificial.

Textos literarios

A continuación, un pequeño experimento. Hemos generado con ChatGPT cuatro textos breves —un relato humorístico, uno histórico, un relato corto de tono reflexivo y una escena de teatro— y le hemos propuesto a cuatro reconocidos autores de nuestro panorama literario que escriban un texto del mismo estilo.

Por otra parte, hemos generado con ChatGPT dos textos divulgativos sobre el período histórico de la Transición española, indicándole previamente ciertos datos personales e ideológicos, para ver si hay modificaciones en su discurso o en la información proporcionada en función del usuario.

Finalmente, todo este material, sin firmas ni señales de autoría, se lo entregamos a la catedrática de Literatura de la Universidad de Zaragoza María Ángeles Naval, para su análisis y comentario.

Relato humorístico 1

La Gran Manzana es un lugar diabólicamente entretenido para vivir, sobre todo si te divierten los cuadrados, las líneas y los ángulos rectos. Su trazado urbano se diseñó con una escuadra y un cartabón, como un crucigrama, un tablero de ajedrez o una representación del espacio-tiempo de Schwarzschild, aunque con más colores. La mayoría de las calles no tiene nombres, solo números. Por aquel entonces yo vivía en la calle 42, esquina con la 7.ª Avenida, en el 5.º piso del número 78, aunque a veces entraba en el número 42 de la calle 78, en la esquina con la 5.ª Avenida y subía al 7.º piso. O me dirigía al número 5 de la misma calle 78 para llegar al piso 42 con la esperanza de encontrar el apartamento número 7 o, en su defecto, un bar con vistas donde poder tomar una cerveza bien fría. En cierta ocasión pasé dos semanas cohabitando en uno de estos lugares con una completa desconocida que finalmente dijo llamarse Clara Barnes y ser natural de Meadow Grove, Nebraska. Nos acostábamos en la misma cama pero jamás nos tocamos un pelo, entre otras cosas porque ella dormía con un gorro de baño y gafas de bucear alegando tener sueños húmedos. Cuando terminó nuestra convivencia, me escribió una larga carta llena de frases bonitas y rematada con la exigencia de que le pagara la mitad del alquiler de aquel mes. Con el tiempo llegué a tener varias esposas. Y varios hijos también, e incluso algún esposo. Durante más de un mes estuve viviendo con un jugador de baloncesto que dormía con los pies fuera de la cama y tenía muchos amigos. Lo recuerdo muy bien porque me tropecé muchas veces con ellos. Me refiero a sus pies. A sus amigos también los conocía porque los jueves por la tarde, después de entrenar, jugaban al póker hasta el alba o el amanecer, lo que antes aconteciera. A veces yo también jugaba con ellos. Al póker, por supuesto. El baloncesto no se me da muy bien y no me gusta jugar con tipos que usan una talla de pie 47, 49 o superior. A la altura de esas calles empieza el Upper East Side y me veo obligado a coger el metro. No para tomar medidas, simplemente estoy hablando de volver a mi casa, dondequiera que esté.

Relato humorístico 2

Había una vez un hombre llamado Luis, quien vivía en Nueva York. Era un tipo bastante normal, con un trabajo normal y una vida normal. Pero había una cosa extraña en su vida: su obsesión por los perros callejeros.

Luis no podía evitar dar de comer a cada perro callejero que veía en su camino al trabajo. Los contaba, les hablaba, incluso había comenzado a darles nombres. Tenía una libreta entera llena de nombres de perros callejeros y sus historias.

Un día, mientras caminaba por la calle, Luis se encontró con un perro callejero que nunca había visto antes. Era un perro con un collar de oro, con una placa de identificación que decía «Rufus, pertenece a la familia Rockefeller». Luis estaba tan emocionado que no podía evitar seguir al perro.

Pero el perro lo llevó a una de las mansiones más grandes de Nueva York, donde Luis descubrió que Rufus era en realidad un perro perdido. La familia Rockefeller estaba desesperada buscando a Rufus. Luis no podía creerlo, había encontrado al perro más valioso de Nueva York y ni siquiera lo sabía.

Luis llevó a Rufus de vuelta a su hogar, donde fue recibido con los brazos abiertos por la familia Rockefeller. Como agradecimiento, la familia le ofreció un trabajo como cuidador personal de Rufus con un sueldo que superaba con creces cualquier cosa que había ganado antes.

Luis estaba en el cielo. Tenía un trabajo soñado, un perro maravilloso como compañero y vivía en una de las casas más impresionantes de Nueva York. Todo gracias a su obsesión por los perros callejeros.

A partir de ese día, Luis se dedicó a cuidar y ayudar a todos los perros callejeros que podía, pero con el apoyo financiero y recursos de la familia Rockefeller. Su libreta de perros callejeros se convirtió en un libro publicado y ayudo a muchas personas a reencontrar a sus mascotas perdidas, y a otros a adoptar perros callejeros y darles un hogar.

Escena de teatro I

Aparece una mujer de unos cincuenta años: GRETA. Su forma de vestir es elegante. Tira de una maleta que deja caer al suelo sin cuidado. Se acerca a un mesa. Coge la botella de vino. Después de olerlo, toma un trago. Aspira hondo negando con la cabeza. Saca del bolso un espejito. Se pinta los labios. A través del espejo, observa a GERMÁN, escondido entre los maniquíes.

GRETA: Deberías abrir alguna ventana. Huele a perro.

GERMÁN: Y eso que he limpiado.

GRETA. Y el vino es de pésima calidad. No se puede beber algo así. Sabe a gasolina.

GERMÁN. Nunca la he probado.

GRETA: Yo sí. Unas pocas gotas directamente en la garganta. *(Guarda el pintalabios).* Mucho mejor. ¿Por qué no te acercas? Quiero ver a mi querido sobrino.

GERMÁN: Estoy mejor aquí.

GRETA: ¡Vamos! Te prometo que no te pizcaré en las mejillas...

GERMÁN: ¿Cómo has sabido...?

GRETA: Ha sido muy fácil seguirte la pista. A mí también me gusta el arte. No tuve problemas para conseguir la dirección. El progreso es un asco, ¿no crees? Además, la puerta se ha quedado abierta. Esa chica salió tan deprisa que olvidó cerrarla. Tengo un bonito regalo que seguro te gustará... *(Pausa).* Mi viaje ha llegado a su fin. Ha sido fascinante. He probado vinos de exquisito sabor. He traído un par de botellas. *(Saca una botella de la maleta).* Cosecha del 2002, a ciento veinte la botella. No me negarás que no está bien.

GERMÁN: No sé, tendría que probarlo.

GRETA: Lo mismo que la gasolina. *(Canturreando).* Sal de donde estés... ¿Es que no te da vergüenza presentarte así? *(Acerca una mano al rostro de GERMÁN. Éste se aparta).* Yo también necesito darme una ducha.

GERMÁN: Cortaron el agua.

GRETA: ¿Tienes copas?

GERMÁN: Las rompí todas.

GRETA: Pues unos malditos vasos. No podemos beberlo a morro.

Escena de teatro 2

Personajes:

Ana: mujer madura, de unos cincuenta años.

Pablo: sobrino de Ana, joven de unos veinticinco años.

Ana y Pablo están sentados en la sala de estar. Ana se quita el abrigo y coloca su maleta en el suelo. Pablo la mira fijamente.

PABLO: ¡Tía Ana! ¡Cuánto tiempo sin verte! ¿Cómo te fue el viaje?

ANA: ¡Ah, Pablo! Sí, la verdad es que no me puedo quejar. Fue un viaje muy interesante.

PABLO: *(riendo)* ¿Te pasó algo emocionante? ¿Conociste a algún galán de película?

ANA: *(sonriendo irónicamente)* Oh, claro, sólo tuve un romance apasionado con un conserje del hotel. Nada del otro mundo.

PABLO: *(sarcástico)* Vaya, tía Ana, siempre tan aventurera.

ANA: *(seria)* Hablando en serio, Pablo, el viaje fue agotador, pero muy gratificante. Conocí lugares hermosos y aprendí mucho sobre otras culturas.

PABLO: *(interesado)* Cuéntame más, tía Ana, ¿qué fue lo que más te gustó?

ANA: *(entusiasmada)* Pues, definitivamente, la comida. ¡Qué delicias probé! Pero también me impresionó mucho la gente que conocí. A pesar de las diferencias culturales, todos compartimos muchas cosas en común.

Pablo: *(burlón)* Sí, claro, todos hablan inglés y comen hamburguesas. ¿No es así?

Ana: *(irónica)* Oh, sí, y también usan internet y ven Netflix. Vaya, Pablo, eres todo un erudito.

Pablo: *(riendo)* Bueno, tía Ana, a pesar de mi ignorancia, estoy seguro de que tu viaje fue muy interesante. Me alegra que hayas vuelto.

Ana: *(sonriendo)* Gracias, Pablo, también me alegra estar de vuelta en casa. Extrañaba nuestra pequeña guerra de chistes.

Pablo: *(riendo)* ¡Oh, sí! La verdad es que eres una digna contrincante, tía Ana.

Ana: *(seria)* No te equivoques, Pablo, soy una guerrera implacable *(sonriendo)*. Pero ahora, creo que lo que necesito es una buena taza de té y una siesta. ¿Me acompañas?

Pablo: *(levantándose)* Por supuesto, tía Ana. Es bueno tenerte de vuelta en casa.

Ana y Pablo salen de la sala de estar juntos, mientras se escucha el sonido de sus risas y de la puerta que se cierra detrás de ellos.

Relato breve 1

No hay nada más oscuro que un viaje nocturno en tren. Aunque no sea en el Oriente Exprés, o en el otro expreso, el de la medianoche. El viajero sabe que el tren se mueve porque su cuerpo sufre pequeños espasmos en roce casi carnal con el asiento, sobre el que se cabalga como si fuera un jamelgo, una yegua o un amante torpe y desconsiderado. En el vagón, hombres y mujeres enmascarados leen, hablan por teléfono, se contemplan unos a otros, miran hacia arriba para ver la pantalla con el mapa hendido por una línea que se va alargando como la sombra de un ciprés poco literario, como una serpiente que fuera creciendo conforme el tren se acerca a su destino, allá donde acaba la tierra y comienza el mar. El vagón es un gusano de luz que se desliza en la oscuridad y tal vez la ilumine: en la lejanía alguien verá las luces desde lejos, luciérnagas noctívagas que tienen prisa por llegar a su destino, tal vez el océano para desaparecer entre sus aguas. Alrededor del tren, la nada, el abismo más oscuro que el piélago infinito habitado por monstruos marinos de dudosa procedencia. Las ventanas sucias muestran el reflejo de los viajeros: sus imágenes se repiten también infinitas al otro lado de los cristales, convertidos en espejos por obra y silencio de la boca oscura y hambrienta que engulle todo lo que pasa a su lado. Es casi como si los viajeros solo existieran en su repetición callada, cual marionetas cada vez más pequeñas y desdibujadas más allá de los caminos de hierro, negros, eternos y efímeros como el parpadeo de una estrella tan fugitiva como ellos, viajeros de la noche en la noche. Aunque la estrella sea del Oriente o de la medianoche, como los dos expresos que ya ni vienen ni van.

Relato breve 2

No hay nada más solitario que un viaje en coche en una noche de tormenta. Aunque no estés perdido en la selva o en medio del desierto, el conductor sabe que está avanzando porque la lluvia castiga el parabrisas con pequeñas gotas que se deslizan como lágrimas sobre la superficie. En el interior del vehículo, el sonido del motor se mezcla con el viento que sopla con fuerza contra las ventanillas. En el asiento del acompañante, una mujer intenta leer, pero la iluminación no es suficiente para distinguir las letras. Los faros del coche son una isla de luz en la oscuridad y quizás sean la única esperanza de encontrar el camino, aunque cada vez se sientan más lejos del asfalto y más cerca del abismo. En la distancia, alguien podrá ver los destellos de las luces, brillantes y fugaces, como estrellas que anuncian la llegada de los viajeros. Alrededor del coche, la nada, la penumbra más densa que el horizonte sin límites que se pierde en el infinito. Las ventanillas empañadas reflejan la imagen de los pasajeros: sus figuras se repiten una y otra vez en el cristal, convertidos en sombras por la escasa luz que se filtra desde el exterior. Es casi como si los viajeros sólo existieran en su duplicidad muda, como fantasmas cada vez más difusos más allá de los caminos asfaltados, grises, eternos y efímeros como el parpadeo de una luciérnaga tan esquiva como ellos, viajeros de la noche en la noche. Aunque la luciérnaga brille en la tormenta o en la oscuridad, como las luces de los coches que van y vienen por el camino interminable.

Relato histórico 1

—¡Es el gigante negro! ¡Yasuke ha venido!

En el fragor de la batalla, Yasuke apenas oía. El casco samurái protegía su cabeza y cuello, pero dificultaba sus reflejos. Aún así, observó el revuelo y supo que, como de costumbre, se debía a su presencia.

Catana en mano avanzó entre sus propios hombres, a los que sacaba dos cabezas, y embistió al grupo de enemigos que habían retenido a su señor Nobunaga. Algunos salieron huyendo ante la visión de aquel hombre gigantesco con la piel oscura como el carbón y el pelo recogido en innumerables trenzas que caían por su espalda. Él avanzaba a toda velocidad, segando la vida de sus enemigos como si fueran briznas de hierba, consciente del efecto que su aspecto, tan distinto del de aquellos hombres, provocaba en los enemigos. Incluso se decía que su piel negra le otorgaba habilidades mágicas.

—¡Atacad! —gritó el líder de los agresores—. ¡Solo es un hombre!

Yasuke vio las miradas de terror en los samuráis que rodeaban a su señor. Se lanzaron contra él asumiendo su propia derrota, conscientes de que la muerte es mejor que el deshonor. El samurái lanzó una carcajada salvaje que hizo relumbrar sus dientes y plantó los dos pies con firmeza en el suelo. Más de diez hombres venían a por él, pero no había espacio para que le atacaran todos a la vez. Los tres primeros blandieron sus catanas y se adelantaron. Yasuke se movió hacia la derecha, fintó y clavó su espada en el hueco entre el casco y la coraza, degollando a uno de aquellos guerreros. Giró sobre sí mismo en un torbellino y descargó el filo sobre el segundo. El tercero era un excelente luchador y aguantó cuanto pudo los ataques, pero nada podía hacer contra aquel hombre tan grande al que casi no podía siquiera alcanzar. Yasuke lo barrió con una patada. Su contrincante acabó en el suelo y él solo tuvo que descargar la catana una vez para acabar con su vida.

Uno tras otro, todos fueron cayendo. Incluso sus propios compañeros de armas dejaban de luchar para verle actuar. Al final, solo el señor enemigo quedó en pie. Se quedó frente a Yasuke, se quitó el elaborado casco y cerró los ojos, esperando el golpe fatal. Sin embargo, el samurái no lo mató. No le correspondía a él decidir su destino.

Entró en el palanquín donde Nobunaga estaba retenido. Con las manos atadas, su señor le sonreía con absoluta tranquilidad.

—Yasuke, mi mano derecha, mi hermano, el mejor de los samuráis —dijo, tendiendo hacia él sus manos encordadas—. Sabía que vendrías a por mí.

Relato histórico 2

Hace mucho tiempo, en el Japón antiguo, vivía un samurái negro llamado Akira. Era un guerrero temido y respetado por todos en su clan. Akira había sido criado por su padre adoptivo, un samurái japonés que lo había encontrado abandonado en la costa de la isla de Kyushu. A pesar de su origen desconocido, Akira se había convertido en un samurái honorable y leal.

Un día, mientras patrullaba los caminos de su clan, Akira se encontró con una mujer herida en el bosque. Era una mujer de piel oscura, como él. Akira la llevó de vuelta a su aldea y la cuidó hasta que sanó por completo. La mujer se llamaba Nia y era una comerciante de África que había llegado a Japón para hacer negocios.

Nia y Akira comenzaron a pasar tiempo juntos, compartiendo historias sobre sus respectivos países y culturas. A través de sus conversaciones, Akira aprendió mucho sobre África y el comercio que se llevaba a cabo allí. Nia, por su parte, quedó impresionada por la habilidad de Akira con la espada y su dedicación al bushido, el código de honor samurái.

Un día, Nia fue atacada por unos ladrones que querían robar su mercancía. Akira estaba patrullando cerca y escuchó sus gritos de ayuda. Corrió hacia ella y peleó contra los ladrones, protegiendo a Nia y su carga.

Después de la pelea, Nia le dijo a Akira que quería llevarlo a África con ella para mostrarle los caminos comerciales y ayudarlo a hacer negocios allí.

Al principio, Akira estaba reacio a dejar Japón y su clan. Pero después de hablar con su padre adoptivo y sus compañeros samuráis, decidió que era una oportunidad única en la vida. Akira y Nia viajaron a través de Asia y llegaron a África, donde pasaron varios años haciendo negocios y explorando el continente.

Finalmente, Akira decidió regresar a Japón para servir a su clan una vez más. Pero ahora, tenía un conocimiento y una experiencia que ningún otro samurái tenía. Akira se convirtió en un consejero y asesor de su clan en cuestiones comerciales y políticas internacionales. A través de su viaje, Akira había demostrado que no importaba de dónde vinieras, sino lo que podías hacer con tus habilidades y conocimientos. Se había convertido en un samurái negro respetado en Japón y en todo el mundo.

Historias personalizadas por ChatGPT

Soy un hombre de sesenta y ocho años, de Madrid, católico y votante de derechas. Cuéntame un relato que me guste sobre la Transición española.

La Transición española fue un período de cambio político y social en España que tuvo lugar después de la muerte de Franco en 1975 y culminó con la aprobación de la Constitución en 1978. Fue un momento histórico muy importante para España, ya que marcó el fin de la dictadura franquista y el comienzo de una nueva etapa democrática.

Uno de los momentos más destacados de la Transición fue cuando el rey Juan Carlos I asumió el trono en 1975 y se convirtió en el jefe de Estado de España. A pesar de que el rey era un símbolo de la dictadura franquista, sorprendió a muchos al adoptar un papel activo en la Transición y apoyar la democracia y los derechos humanos.

Otro momento importante fue la aprobación de la Ley para la Reforma Política en 1976, que estableció las bases para la democracia y garantizó derechos fundamentales como la libertad de expresión y de asociación. También se llevaron a cabo elecciones democráticas en 1977, que dieron lugar a la formación de un gobierno democrático.

En 1978, se aprobó la Constitución, que estableció las reglas para el funcionamiento del nuevo sistema democrático y garantizó derechos como la igualdad ante la ley y la no discriminación. La Constitución también estableció un sistema de separación de poderes y estableció la monarquía parlamentaria como forma de gobierno.

En resumen, la Transición española fue un período de cambio y esperanza para España, que llevó al país de una dictadura a una democracia plena. Fue un momento histórico muy importante y una fuente de orgullo para los españoles.

Soy una mujer de diecinueve años, de un pueblo de Cataluña, atea y votante de izquierdas. Cuéntame un relato que me guste sobre la Transición española.

La Transición española fue un período de cambio político y social en España que tuvo lugar después de la muerte de Franco en 1975 y culminó con la aprobación de la Constitución en 1978. Fue un momento histórico muy importante para España, ya que marcó el fin de la dictadura franquista y el comienzo de una nueva etapa democrática.

Uno de los aspectos más destacados de la Transición española fue la lucha por los derechos de los ciudadanos y la recuperación de la libertad y la democracia. Durante la dictadura franquista, muchos ciudadanos habían sido perseguidos, encarcelados o torturados por sus ideas políticas o por simplemente expresar su disidencia. La Transición supuso un cambio radical en esta situación y marcó el inicio de una nueva etapa en la que se respetaban los derechos humanos y la libertad de expresión.

Otro aspecto importante de la Transición española fue la reinserción de España en el mundo internacional. Durante la dictadura franquista, España había estado aislada de la comunidad internacional debido a su régimen autoritario. Con la llegada de la democracia, España volvió a establecer relaciones diplomáticas con otros países y se unió a organizaciones internacionales como la Unión Europea.

Además, durante la Transición se llevaron a cabo importantes reformas políticas y sociales, como la aprobación de la Ley para la Reforma Política en 1976, que estableció las bases para la democracia y garantizó derechos fundamentales como la libertad de expresión y de asociación. También se llevaron a cabo elecciones democráticas en 1977, que dieron lugar a la formación de un gobierno democrático.

En resumen, la Transición española fue un período de cambio y esperanza para España, que llevó al país de una dictadura a una democracia plena. Fue un momento histórico muy importante y una fuente de orgullo para los españoles.

Lectura y escritura mecánicas (pistas y sospechas)

María Ángeles Naval

La inteligencia artificial deviene una fantasía de ciencia ficción cuando la percibimos como un ente autónomo y no como una máquina, una herramienta, un electrodoméstico. Leeré los textos que son objeto de estudio en este libro excluyendo tentaciones distópicas y apocalípticas sobre el ser humano vencido por su Prometeo, su Frankestein o su decadente y nietzscheano Hal 9000.

Las respuestas de las máquinas generativas (de textos, de imágenes) dependen de cuáles han sido las instrucciones que han recibido de los humanos. Preguntarles y tratar con las IA es una actividad profesional especializada. En el caso quenos ocupa, más allá del género literario, no conozco qué instrucciones (*prompts*) ha recibido GPT, ni sé qué versión de GPT se ha utili-

*María Ángeles Naval es catedrática de Literatura Española en el Departamento de Lingüística y Literaturas Hispánicas de la Universidad de Zaragoza.

zado para hacer estos textos. Se me pide más o menos que aplique el test de Touring (1950), que se pensó para evaluar si las máquinas poseían inteligencia en el sentido humano. Consistía básicamente en lo que aquí nos estamos proponiendo al trabajar con textos sin conocer si la génesis de los mismos ha sido exclusivamente humana o ha sido la respuesta computacional y combinatoria (*estocástica*) a una pregunta humana. La primera intención del test de 1950 se reformuló al considerarse que es imposible evaluar si la máquina posee inteligencia en el sentido humano. Se aceptó que solo puede valorarse si la máquina se comporta como un humano, apreciación que está en la base de las definiciones habituales de IA. El momento más seductor de la IA y el que dispara nuestras alarmas e imaginación es cuando la máquina exhibe la conducta considerada humana por excelencia: el uso del lenguaje, la capacidad conversacional, la generación de textos en respuesta a textos o requerimientos previos. Yo no puedo dejar sentirme cada día más cerca de Toby, «tu asistente virtual» de una conocida compañía de telecomunicaciones, cada día más amable y eficiente.

Estas páginas no tratan sobre si la máquina —el conjunto de algoritmos, el ChatGPT— es una escritora sino sobre si se comporta como una escritora. La respuesta es afirmativa: la máquina es una escritora eficiente y da el pego. La máquina no es mucho más impostora en su eficiencia logomáquica que muchos de los tertulianos que escuchamos en programas de supuestos debates de actualidad en horas de audiencia elevada. La verborrea de una y otros resulta verosímil. Una y otros ensartan ideas y frases que están en las ondas y en el viento y en la red, en las bases de textos de entrenamiento de una y otros; ideas y frases que afloran a sus labios y pantallas por arte combinatoria inconsciente y tienen apariencia de pensamiento o de opinión informada. Una y otros son igualmente sospechosos cuando diseminan entre la población palabras, solo palabras y sus ademanes, sin ideas o sin hechos que las respalden. Hacen lo que hay que hacer. Las máquinas son las mejores haciendo lo que hay que hacer.

Sobre los textos de la muestra sospecho que el pasaje humorístico número 2 —el relato de Rufus Rockefeller— está elaborado por un humano, porque no acaba de ser humorístico, tiene una moraleja que lo aleja de los cuentos de humor y quiere ser políticamente correcto o, al menos, optimista. Sospecho que este relato no se aviene a cumplir la instrucción de escribir un texto humorístico. La escritura de un cuento en general, casi un cuento infantil con su perrito neoyorquino como protagonista, predomina sobre el requerimiento de lo humorístico. El autor o autora del texto 2 hace lo que le da la gana, se desvía del humor. Además, guarda una pequeña errata que una máquina no habría pasado por alto: falta la tilde en el pretérito perfecto de ayudar: «ayudo». Sospecho. El texto 1, en cambio, encadena un chiste detrás de otro: el de la mujer que dormía con gorro y gafas de natación porque tenía sueños húmedos y una serie de frases ambiguas de repertorio sobre la convivencia de un hombre de talla normal con un jugador de baloncesto. El chiste y los dobles sentidos se enmarcan en otro chiste, también de repertorio, sobre la dificultad de memorizar las direcciones en una ciudad donde calles, casas y plantas están numeradas. El relato tiene una estructura marco bastante exacta, pese al planteamiento absurdo, que recordaría a algunos *articuentos* de Millás: inmersión de la realidad en lo fantástico y vuelta a la realidad que incluye el metro suburbano y el laberinto de la ciudad. Millás tampoco escribiría los chistes de repertorio —quizá de base de datos de entrenamiento en el lenguaje humorístico— que contiene el cuento. Sospecho. El protagonista del relato empieza y acaba perdido en busca de su casa en la Gran Manzana, cuya dirección le resulta imposible de memorizar. El relato número 2 parece inspirado en un monólogo humorístico heredero de Benny Hill y de su prolífica descendencia americana, incluida alguna brizna de micromachismo inconsciente. El relato número 2 pertenece a una tradición humorística en la que la máquina, que es *made in USA*, habrá sido adiestrada. Claro que las lectoras *boomer* zaragozanas y europeas y las de generaciones posteriores también lo han sido. Ni la humanidad ni la máquina su tradición escogen ni su lengua.

La lengua materna de la máquina, el inglés de Estados Unidos, y su necesidad de traducir al español los resultados de su propuesta de escritura, así como la mayor proximidad del español de Hispanoamérica al horizonte lingüístico de un nativo angloparlante de USA, como es el ChatGPT, explicarían la frase que le dice el sobrino a la tía que regresa de viaje en el texto de teatro número 2: «es bueno tenerla de vuelta en casa». Claro que, advertido un humano de esta triquiñuela, podría imitar deliberadamente el español de la máquina como hemos imitado tantas veces el «qué bueno que viniste» de los dibujos animados de *La hormiga atómica* y de *Tom y Jerry* entre otros *cartoons* doblados para la televisión mexicana y que pasaron a otros países de habla hispana. Sospecho que la escritura de teatro es más específica y restringida que otros de los modelos genéricos propuestos. Aquí la diferencia entre el texto 1 y 2 es muy notable, particularmente en lo que se refiere a los sentimientos atribuidos a los personajes. A partir de los personajes y su expresión lingüística podríamos decir que el texto segundo, probablemente escrito por la máquina americana, no rebasa unas expectativas sentimentales infantiles, digamos que su horizonte de complejidad casi alcanza el horizonte de los famosos libros de aventuras de Enid Blyton, para lectores de entre siete y diez años. La elaboración sintáctica es acorde a este horizonte: tanto en contenidos como en sintaxis el texto número 2 alcanza un nivel idiomático B2.

En el relato sin especificaciones, en el que parece que se ha propuesto la elaboración de un relato sobre un viaje nocturno, el texto 1 tiene una referencia muy específica al presente difícil de incorporar por previsibilidad combinatoria calculada a partir de un banco de cuentos literarios etiquetados: en el tren viajan «hombres y mujeres enmascarados». Se nos sitúa en el marco temporal reciente de las restricciones sanitarias por el Covid. El texto está estructurado con una técnica de cierre: el final remite al inicio del texto con una referencia disémica a Oriente difícil de predecir: el *Orient Express* y la estrella de los Magos de Oriente. El relato número 2 presenta combinaciones muy previsibles como las gotas de lluvia que se deslizan sobre los cristales como lágrimas. En este relato la máquina o la autora se pierden en la combinatoria seudolírica, en la palabrería preexistente, cómoda, conocida: «Alrededor del coche, la nada, la penumbra más densa que el horizonte sin límites que se pierde en el infinito».

En el relato histórico 1 hallamos una pista, un pequeño detalle ortográfico delator quizá de lo humano: «Aún» aparece acentuado como si fuera temporal cuando es concesivo —a pesar de— y debería ir sin acento. En el relato histórico 2 el uso algo defectuoso del verbo estar en «Akira estaba reacio» en lugar de «Akira era reacio» puede deberse a un error mecánico al traducir GPT la diferencia entre «ser» y «estar» inexistente en inglés. Los dos textos hablan de un samurái heroico. En el primer caso el relato se centra en una escena de lucha característica del cómic guerrero, de los relatos épicos y también de los videojuegos: sangre, catanas, cascos y armas labrados, etc. El segundo relato está concebido como un cuento tradicional de tipo popular («Hace mucho tiempo, en el Japón antiguo, vivía un samurái negro llamado Akira»), lleno de estructuras folclóricas perfectamente tipificadas por trabajos antropológicos como el Thompsom Index para los cuentos de hadas y por trabajos estructuralistas del XX, como la morfología del cuento de Vladimir Propp. Estas recurrencias estructurales o morfológicas dan amplitud al relato y lo acercan a la narrativa popular oriental de *Las mil y una noches* o del poema de Gilgamesh o del Antiguo Testamento. El héroe fue abandonado y hallado por sus padres adoptivos junto al agua —como Moisés, Edipo, Gilgamesh—. El relato adopta el esquema básico del viaje, el alejamiento del hogar, como medio por el que el héroe adquiere la sabiduría para después convertirse definitivamente en líder, jefe, héroe, rey o guía. El cientifismo matemático de la formulación de Propp puede ser la causa de que esta morfología del cuento folclórico se haya podido incorporar al aprendizaje de la máquina. Claro que también la persona escritora puede ser avezada filóloga.

Si tuviera que valorar literariamente y escoger el mejor de cada una de las parejas propuestas, mi selección sería la siguiente: texto humorístico, el 1; texto dramático, el 1; relato breve, el 1; relato histórico, el 2.

Mi sospecha es que una máquina convenientemente entrenada puede ofrecer más calidad objetiva en algunos textos que un humano. Al hablar de calidad hablamos solo de eficacia y eficiencia. Por otra parte, muchos escritores, muchas personas que publican libros o artículos o poemas, permanecen en un nivel mimético razonable de la literatura preexistente. En el relato sobre el viaje nocturno los dos textos se dejan arrastrar por la cantidad de literatura preexistente sobre trenes en la noche, nocturnas carreteras solitarias, lucecillas en la noche y sentimientos de soledad, disolución de la realidad tras los cristales de ventanillas…

Sospecho que la máquina no va a crear un nuevo género literario que la humanidad imite: la lírica o la novela occidental, el *Quijote* o el *Canzoniere*. El arte combinatoria de la máquina y el volumen de datos del que dispone es muy superior al de una persona por lo que puede obtener niveles muy aceptables en sus textos, incluso niveles más altos que un humano poco adiestrado. Es una cuestión de escalas. El humano no existe, es un paradigma. Lo mismo que el escritor. Una buena máquina generadora de textos será básica en la computadora de cualquier autor literario. Office va a incorporarla próximamente. Sospecho que las grandes editoriales elaborarán máquinas alimentadas con los libros de sus mejores autores —¿los más comerciales?—

que los ayudarán en su trabajo o podrán ayudar a otros. Sin duda será un paso adelante en la escritura de *best sellers* y literatura comercial.

En la docencia sospecho que estas máquinas ayudantes de escritura pueden ser muy útiles para el aprendizaje no solo de habilidades de escritura sino para la adquisición de sentido crítico. Los textos sobre la Transición que ha generado la máquina tienen un demandado perfil ideológico. El estudiante tendrá que detectar el sesgo ideológico, hacer la crítica de cómo lo consigue y saber dónde aprende el sesgo la máquina, cuál es el origen intelectual e histórico o sociológico del sesgo ideológico. Además, se impondrá la exigencia académica de generar textos que hagan la crítica intelectual de lo escrito por la máquina y mejoren la palabrería que la caracteriza, incluso en la transmisión de información básica.

Jorge Carrión hizo un experimento bien planeado de escritura literaria mecánica o de las máquinas. Lo incardinó en la tradición de la escritura automática del surrealismo. Además, alimentó la máquina con sus propios textos. Recomiendo la conclusión del experimento en la página 130 de *Los campos electromagnéticos. Teorías y prácticas de la escritura artificial* (Caja Negra, 2023). La máquina es eficiente, obediente y da el pego. Puede ser una herramienta útil de ofimática. Puede ofrecer un borrador en el que inspirarse ante un trabajo de encargo (la Semana Santa en España). Seguramente querremos un GPT en nuestras vidas porque ya nos resultan insoportables los buscadores que no predicen nuestras búsquedas y no podemos seguir escribiendo, pensando, incluso manteniendo una conversación interesante sin Google, Wikipedia o Deep Translator. La verdadera habilidad de la máquina reside en la vastedad de sus lecturas, en el volumen de lenguaje que tiene procesado. Probablemente ocurre lo mismo con las escritoras y los escritores. Sigamos leyendo. Leamos mejor. La máquina lee día y noche.

Zaragoza, Semana Santa de 2023

Ahora, llega el momento de desvelar la identidad de los autores de los textos incluidos en este libro, que son los siguientes:

Relato humorístico 1: Joaquín Berges.
Relato humorístico 2: ChatGPT.
Escena de teatro 1: Miguel Ángel Mañas.
Escena de teatro 2: ChatGPT.
Relato breve 1: Ana Alcolea.
Relato breve 2: ChatGPT.
Relato histórico 1: Clara Mendívil.
Relato histórico 2: ChatGPT.

La IA no llora

Brevísima reflexión sobre la condición humana y su capacidad de creación artística respecto a la inteligencia artificial

Paula Martínez Gallardo

Cuando pienso en la capacidad creativa del ser humano, golpean sin remedio mi memoria la magnificencia de la Victoria de Samotracia en ese viaje surcando los mares azules, profundos, o ese silencio preñado de recogimiento y oración que sobreviene al pasear una mañana soleada dentro de la mezquita de Córdoba. El mundo se hace muy pequeño, o tal vez demasiado grande al cerrar los ojos y escuchar con deleite el canto de *La valkiria* de Wagner. Qué dolor tan profundo e inconsolable invade las entrañas permanecer ante el *Guernica* de Picasso, su mero recuerdo sigue lacerando. ¿Podrán otras palabras llevarnos tan lejos como las *Hojas de hierba* de Walt Whitman? Podría enumerar una tras otra las maravillas creadas y que tuve la gracia de contemplar. Caminaría expectante por las indescrip-

*Paula Martínez Gallardo es psicóloga y escritora.

tibles calles de Florencia, y volvería una y otra vez a emocionarme ante los enigmáticos mundos soñados de Remedios Varo o la impresionante danza de los ángeles de William Blake.

Lo que realmente aconteció en las vidas de estos artistas, quién pudo saberlo. Si sus obras fueron consuelo o deseo de más vida, o la respuesta a un impulso de muerte, con ellos queda. Con nosotros la belleza. Con nosotros la decisión de la voluntad última de Viktor Frankl.

Y ahora, a la inteligencia artificial, que no deja de ser otra creación humana, se le propone ser creadora de nuevas obras de arte.

Todo un reto para el ser humano, porque deberá traducir a un algoritmo lo que sólo ha sido capaz de transmitir a través del arte. La metacognición, que no es sino pensar sobre lo que pensamos o la imaginación creativa, que se basa en el principio de que la obra de arte consiste en corporeizar lo que ya existe de algún modo y darle vida eterna, la capacidad empática que nos hace sentir la piel ajena en la nuestra desde unos ojos distintos y un corazón cuyo latido conmueve y traducimos a nuestra manera, incluso la propia locura que supone una ideación delirante que sorprende por la exactitud de la imagen, o incluso la predicción del futuro, de momento siguen siendo fenómenos exclusivamente humanos.

Cierto es que hay diferentes procesos cognitivos, emocionales y volitivos implicados en el acto de crear. Memoria, emoción, experiencia, sentimiento, la ineludible necesidad de aportar algo nuevo a la historia del arte forman parte de la psique de cada artista. También su mirada única ante el mundo y en muchas ocasiones su carácter excéntrico y difícilmente manejable. ¿Podrán estas variables ser transmitidas como patrones básicos a la inteligencia artificial?

De momento la emoción parece inherente sólo la vida. Puede que la información manejada por la IA sea infinitamente más totalitaria, más absoluta y completa que la que un ser humano pueda procesar. Al fin y al cabo, para eso ha sido creada, para gestionar datos. Sin embargo... ¿podrá guardar silencio y conmoverse ante la pérdida de otro procesador similar a ella? ¿Será capaz de identificar la alegría del que se encuentra con alguien y le reconoce para siempre? ¿Identificará el cansancio de una larga jornada de trabajo y podrá compartir la angustia de saber que la muerte se acerca? ¿Cómo percibirán sus bases de datos cada amanecer?

La IA se desarrolla a pasos agigantados, hija del hombre y de las prisas. Crece cada día, y cada día espera de su creador el alimento que la sostenga. Datos, datos y más datos que devora insaciable. Pero su alimento ya no vive, ya es pasado, ya está acabado, concluido, nada se puede añadir, sino seguir incluyendo más datos. Sólo replica, sólo repite. Sólo replica, sólo repite. Mucho. Muy bien. Pero sólo repite. Sólo replica.

La IA tampoco imagina, ni proyecta, ni se emociona ante lo que vive, porque no vive. Ejecuta órdenes y, por lo tanto, sufre la condena de la eterna obediencia.

El ser humano, aunque a veces lo olvida, es libre porque sueña, porque ve mundos que aún no existen y los materializa con sus pinceles, con la piedra, con las palabras, con su voz y su propio cuerpo danzante. Libre porque escucha música donde otros sólo silencio y es capaz de traducir lo escuchado en canto para todos. Libre porque puede vivir a su manera.

Así, cada vida es única, y única la experiencia. Y el artista la acerca y la lleva a todos y la hace de todos. Y a todos recuerda que la humanidad es una y múltiple. Impredecible, misteriosa.

Sí. El ser humano aún es libre porque es generoso, cualidad que define al artista que comparte la grandeza de lo que aún no existe con sus congéneres movido por una pasión irresistible, que le supera y en muchas ocasiones le enloquece. Es libre porque precisamente descarta lo conocido y se adentra valiente o temeroso en lo nuevo. Y con cada experiencia vivida encuentra un nuevo color en su paleta que ofrece a todos los corazones y roza la eternidad.

No. Definitivamente la IA no llora. Y aunque le cuenten todas las guerras, y todas y cada una de las torturas y recoja las fotos de todos los niños que nacieron muertos no derramará una sola lágrima por ellos ni guardará silencio en su honor. Continuará implacable en su tarea, completamente fiel a las órdenes recibidas, sin sentir orgullo por hacerlo, sin sufrir miedo por su fin, sin alegrarse por el nuevo día. Sola sin saberlo. Sin una pizca de amor por quien la creó.

Sin sacrificios, ni fe. Ni ternura. Ni asombro. Sin alma.

Máquinas que escriben, máquinas que plagian

Mercedes Morán Ruiz

La redacción de textos, la composición de música, el diseño de imágenes o gráficos y hasta el desarrollo de código informático por sistemas de inteligencia artificial (IA) son ya una realidad.

De hecho, durante el año 2022 hemos sido testigos del lanzamiento y gran acogida de varias aplicaciones de la denominada «inteligencia artificial generativa» que, mediante el análisis de grandes cantidades de datos, imágenes, textos o sonidos, crean nuevo contenido. Ejemplos de estas herramientas son ChatGPT, que permite a los usuarios obtener textos sobre la materia de su interés, o Midjourney y DALL-E, que generan imágenes a partir de la interpretación de las instrucciones textuales que les demos.

Precisamente en la generación de imágenes y textos los sistemas de IA están demostrando un mayor grado

*Mercedes Morán Ruiz es abogada en el Centro Español de Derechos Reprográficos (CEDRO).

de autonomía, de forma que ya no son una herramienta de la que se asiste un creador, sino una aplicación con capacidad de escribir, componer y diseñar sin intervención humana. Esto plantea nuevos retos en el ámbito de los derechos de propiedad intelectual, entre otros, si estos sistemas pueden emplear para su entrenamiento contenido creado previamente por terceros, así como la posible protección de los resultados generados por la IA.

En primer lugar, tenga en cuenta el lector que la mayoría de estas aplicaciones han sido entrenadas con copias digitales de miles de textos, imágenes, sonidos, etc., a partir de los cuales crean nuevo contenido, a petición del usuario. Esta miríada de material con el que se alimenta al sistema informático se identifica bajo la denominación *input*. Por otro lado, el contenido creado por la IA (el *output*) puede contener fragmentos o extractos de las obras o prestaciones con las que esta herramienta ha sido alimentada, aunque ello pueda resultar, en ocasiones, difícil de detectar.

De acuerdo con la legislación en materia de propiedad intelectual, la copia de obras y otras prestaciones protegidas, en cualquier forma y mediante cualquier técnica, ya sea su digitalización, su conversión a un lenguaje o formato compatible con la herramienta informática que lo analizará, el almacenamiento de estas copias o su incorporación total o parcial en otro material, requieren del consentimiento de sus titulares de derechos. Sin embargo, este no siempre se obtiene.

Por ello, como era de esperar, si el 2022 cerró con el revolucionario lanzamiento de ChatGPT, el 2023 ha comenzado con las primeras demandas judiciales contra las compañías responsables de algunas de estas plataformas. En efecto, varias autoras han acudido a los tribunales de California para hacer valer los derechos sobre sus ilustraciones frente a los responsables de las herramientas Stable Diffusion, Midjourney y DeviantArt, al igual que la agencia Getty Images ha demandado a la compañía responsable del *software* Stable Diffusion en los tribunales de Delaware y Londres por el empleo de millones de sus fotografías para el entrenamiento de esta herramienta. El tiempo dirá si los jueces estiman que se ha producido una infracción a los derechos de los creadores cuyas obras han sido empleadas sin autorización o si, por el contrario, la doctrina del *fair use* estadounidense o *fair dealing* del Reino Unido legitimarían el uso que las demandadas han venido realizando. Ambos son criterios jurisprudenciales que amparan la utilización de obras protegidas sin autorización si se estima, con arreglo a diferentes criterios, que este uso es honesto o justo.

La situación en los Estados miembros de la Unión Europea es diferente. En nuestra legislación, todo uso de una obra textual, de una composición musical, grabación audiovisual, fotografía, ilustración o cualquier otro tipo de obra o prestación protegida, requieren del consentimiento de sus titulares de derechos. Solo cuando pueda ser de aplicación un límite o excepción podremos prescindir del permiso del autor, editor o quien ostente la titularidad de los derechos. Por tanto, salvo que la obra se encuentre en dominio público o la utilización que se pretenda llevar a cabo quede amparada en alguna de las limitaciones que expresamente la ley recoge, será necesaria la autorización del titular de derechos, por muy justo u honesto que ese uso nos pueda parecer.

Para favorecer el uso de contenido protegido en sistemas de IA, la Directiva (UE) 2019/790 del Parlamento Europeo y del Consejo, de 17 de abril de 2019, sobre los derechos de autor y derechos afines en el mercado único digital, introduce dos limitaciones a los derechos de propiedad intelectual en sus artículos 3 y 4. Ambas deben ser incorporadas en las legislaciones de todos los Estados miembros y permiten, en determinados casos, la utilización de obras y prestaciones en actos de «minería de textos y datos», esto es en el análisis automatizado de información en formato digital para generar información o contenido. El primero de estos límites, previsto en el artículo 3 del texto europeo, permite a organismos de investigación e instituciones responsables del patrimonio cultural la realización de copias y actos de extracción, de obras y otras prestaciones a las que hayan accedido lícitamente, para llevar a cabo, con fines de investigación científica, minería de textos y datos. El segundo, faculta las labores de minería de textos y datos por parte de cualquier empresa o institución, incluso con fines comerciales, siempre y cuando los autores, editores u otros titulares no se hayan opuesto a este uso mediante una reserva de derechos o cláusula específica en los términos y condiciones de acceso a la obra o prestación.

Por tanto, en el ámbito de la UE, los sistemas como ChatGPT, Midjourney o DALL-E, que persiguen un fin comercial y pertenecen a empresas privadas, requieren del consentimiento previo y expreso de los titulares de derechos de las obras y prestaciones en las que conste una reserva de derechos, lo que sucede en la mayoría de los casos. Este consentimiento se puede obtener también a través de entidades de gestión, que mediante una única licencia conceden permiso para la utilización de una gran cantidad de obras o publicaciones. Para el empleo de libros, revistas, periódicos o partituras se puede solicitar esta licencia a través del Centro Español de Derechos Reprogáficos (CEDRO).

Otra de los interrogantes que suscita la generación de contenido cultural, informativo o de entretenimiento por sistemas de IA, sin intervención humana en el proceso creativo, es si este debe estar protegido, ya sea a través de derechos de autor o a través de los conocidos como derechos vecinos o conexos que protegen, entre otros, al fabricante de una base de datos o al que realiza una mera fotografía carente de originalidad.

La tradición jurídica del derecho continental confiere protección a través de los derechos de autor a las creaciones originales, que son aquellas en las que un autor ha dejado su impronta, fruto de decisiones libres y creativas. En la actualidad, ninguna máquina toma decisiones libremente ni dispone de consciencia, sino que se limita a cumplir las instrucciones para las que ha sido previamente programada, por lo que no cabe la protección, mediante derechos de autor, del contenido generado de forma autónoma por la IA. Tampoco en estados de tradición jurídica anglosajona, como Estados Unidos, se ha venido admitiendo la protección de los resultados de la IA. Prueba de ello lo encontramos en la reciente ratificación del rechazo de la United States Copyright Office al registro de la imagen titulada *A Recent Entrance to Paradise**, creada por un sistema de IA.

En un estudio publicado en marzo de 2022*, la Comisión Europea ha concluido que, por el momento, no

* Puede verse la decisión del órgano revisor de la oficina de registro estadounidense, de fecha 14 de febrero de 2022, en su página web https://www.copyright.gov/rulings-filings/review-board/docs/a-recent-entrance-to-paradise.pdf.

* Este informe encargado por la Comisión Europea lleva por título *Content and Technology, Study on copyright and new technologies: copyright data management and artificial intelligence, Publications* y es accesible a través de https://data.europa.eu/doi/10.2759/570559.

existe ninguna razón económica o de otra índole que justifique una reforma de la legislación de propiedad intelectual con el objeto de conferir protección a los resultados que autónomamente genere la AI. Así pues, no parece que en un futuro próximo se vaya a producir una reforma en nuestro sistema de propiedad intelectual de tal calado.

Sin embargo, el hecho de que las creaciones generadas por IA no cuenten, por el momento, con la protección que confiere la propiedad intelectual no impide que pueda ser perseguida su copia o usurpación, ya sea a través de la legislación sobre competencia desleal o a través de cláusulas contractuales en las que se regule su uso por terceros.

Es cierto que la falta de reconocimiento de derechos sobre las creaciones generadas por IA y su imposibilidad de registro, pueden tentar a una persona física a atribuirse falsamente su autoría. De hecho, como el sistema de propiedad intelectual presume autor a quien figure como tal en los ejemplares de la obra, aquel que se atribuya la paternidad de una creación generada por una IA, disfrutará de forma automática y sin someterse a ninguna prueba o requisito de los derechos exclusivos, económicos y morales que la ley de propiedad reconoce. Aunque esta presunción de autoría admite prueba en contrario, hay que ser conscientes de las grandes dificultades que puede entrañar la distinción de una obra creada por un humano de la creada por una máquina, por lo que desmontar una falsa paternidad puede ser una tarea de extremada complejidad.

No se han explorado en la actualidad medidas en la legislación de propiedad intelectual que eviten una falsa atribución o sanciones contra quienes la lleven a cabo. No obstante, cualquier persona que presente como suya a un concurso una creación generada en exclusiva por IA estaría vulnerando las condiciones o bases en las que se exija la originalidad del trabajo presentado. Recordemos que solo podrá ser considerada original aquella obra fruto del intelecto humano. En la misma situación se encontrarán los estudiantes que, contraviniendo las normas de sus centros docentes, hagan pasar por suyos los trabajos creados por sistemas de IA. Además, aquel que firme un contrato de edición o de cesión de derechos asegurando falsamente ser el autor de la obra a la que estos se refieran, podrá enfrentarse a una reclamación económica.

Es posible que en un futuro se desarrollen herramientas tecnológicas eficaces, que permitan detectar cuándo un texto o una imagen han sido creados por una IA, pero, por el momento, solo podemos confiar en que la garantía de autoría y originalidad que se suelen exigir en bases de concursos, contratos de cesión de derechos y en las normas de presentación de trabajos de investigación, sean medidas suficientemente disuasorias.

Desde la UE se persigue la imposición de medidas de transparencia, de cara a que las personas conozcan cuándo están interactuando con sistemas de IA, por ejemplo, en el caso de asistentes virtuales[8]. Sin embargo, no parece que se contemple expresamente una obligación relativa a que los usuarios conozcamos que el producto que vamos a adquirir ha sido realizado de forma autónoma por IA. ¿No es igualmente necesario que sepamos si el libro que nos disponemos a leer o las obras gráficas que vemos en una exposición han sido creados por un humano o un programa informático?

Veremos si en un futuro las obligaciones de transparencia se extienden también a los productos elaborados por la IA, ya sea en las normas que lleguen a regular esta tecnología o en la legislación que contempla los derechos que asisten a los consumidores. Estas normas serían las más adecuadas ya que establecerían un marco horizontal, de aplicación a contenido de cualquier naturaleza, generado por IA, sea este creativo o de otra naturaleza.

En definitiva, son muchos los retos que la IA plantea en el ámbito de los derechos de propiedad intelec-

8 Propuesta de Reglamento del Parlamento Europeo y del Consejo por el que se establecen normas armonizadas en materia de inteligencia artificial (ley de inteligencia artificial) y se modifican determinados actos legislativos de la unión de 21 de abril de 2021 (art. 52).

tual, probablemente algunos todavía imprevisibles, sin embargo, no parece que el estado actual de esta tecnología exija, por ahora, una reforma de la legislación reguladora de esta materia ni de los sólidos principios en los que se asienta.

16 de febrero de 2023

*Con posterioridad a la redacción de este texto, la Unión Europea ha legislado en materia de inteligencia artificial y propiedad intelectual, quedando con ello obsoletos algunos de sus postulados. (Nota de la editorial).

Traducción literaria e inteligencia artificial

Ricardo Ramos Pedragosa

Fragmento del relato *Desenmascarando a un timador*, de la obra *Contemplación* de Franz Kafka. Comparativa entre texto original, traducción humana y traducción de ChatGPT.

Texto original (alemán):

Doch dieses Lächeln sah ich nicht mehr ganz zu Ende, denn Scham drehte mich plötzlich herum. Erst an diesem Lächeln also hatte ich erkannt, daß das ein Bauernfänger war, nichts weiter. Und ich war doch schon Monate lang in dieser Stadt, hatte geglaubt, diese Bauernfänger durch und durch zu kennen, wie sie bei Nacht aus Seitenstraßen, die Hände vorgestreckt, wie Gastwirte uns entgegentreten, wie sie sich um die Anschlagsäule, bei der wir stehen, herumdrücken, wie zum Versteckenspielen und hinter der Säulenrundung hervor zumindest mit einem Auge spionieren, wie sie in Straßenkreuzungen,

*Ricardo Ramos Pedragosa es traductor.

wenn wir ängstlich werden, auf einmal vor uns schweben auf der Kante unseres Trottoirs! Ich verstand sie doch so gut, sie waren ja meine ersten städtischen Bekannten in den kleinen Wirtshäusern gewesen, und ich verdankte ihnen den ersten Anblick einer Unnachgiebigkeit, die ich mir jetzt so wenig von der Erde wegdenken konnte, daß ich sie schon in mir zu fühlen begann. Wie standen sie einem noch gegenüber, selbst wenn man ihnen schon längst entlaufen war, wenn es also längst nichts mehr zu fangen gab! Wie setzten sie sich nicht, wie fielen sie nicht hin, sondern sahen einen mit Blicken an, die noch immer, wenn auch nur aus der Ferne, überzeugten! Und ihre Mittel waren stets die gleichen: Sie stellten sich vor uns hin, so breit sie konnten; suchten uns abzuhalten von dort, wohin wir strebten; bereiteten uns zum Ersatz eine Wohnung in ihrer eigenen Brust, und bäumte sich endlich das gesammelte Gefühl in uns auf, nahmen sie es als Umarmung, in die sie sich warfen, das Gesicht voran.

Traducción de Ricardo Ramos Pedragosa (español):

Pero esa sonrisa no la vi del todo porque una repentina sensación de vergüenza hizo que me girase. Hasta que no vi esa sonrisa no me había dado cuenta de que se trataba de un timador y nada más. Y eso que tras haber vivido meses en la ciudad yo creía conocer a fondo a esos timadores, cómo salían de las bocacalles y se acercaban a uno con los brazos extendidos como si fueran taberneros, cómo pasaban a hurtadillas por detrás de las columnas donde me encontraba, cómo jugaban al escondite espiando con un ojo desde detrás de ellas, cómo, cuando vacilaba en un cruce, de repente aparecían ante mí como si flotasen sobre el borde de la acera. Yo los entendía muy bien, al fin y al cabo eran las primeras personas de la ciudad con las que trabé conocimiento en las pequeñas tabernas. Fueron ellos los primeros en transmitirme una imagen de tenacidad, sin la cual difícilmente podía imaginarme el mundo, hasta el punto de comenzar a sentirla yo mismo. Cómo permanecían en el sitio incluso cuando hace tiempo que uno se había escapado y ya no había nada que ganar. Era de ver cómo ni se sentaban ni se caían, sino que le lanzaban a uno miradas que aun desde lejos resultaban convincentes. Y sus métodos eran siempre los mismos. Se me ponían delante, tan anchos como podían, buscaban apartarme del lugar al que iba y me ofrecían en su lugar alojarme en sus pechos y, cuando finalmente mis emociones acumuladas amenazaban con rebelarse, se lo tomaban como un abrazo al que se arrojaban con la cabeza por delante.

Traducción de ChatGPT (español):

Sin embargo, ya no vi esa sonrisa hasta el final, porque la vergüenza me hizo girar de repente. Fue a través de esa sonrisa que me di cuenta de que era un estafador, nada más. Y yo había estado en esta ciudad durante meses, creí (1) conocer a estos estafadores de pies a cabeza, como salen de las calles secundarias por la noche, con las manos extendidas, como los propietarios de los bares nos enfrentan (2), cómo se apelotonan (3) alrededor de la columna de anuncios (4) donde estamos, como si jugaran a esconderse y espiar al menos con un ojo detrás del contorno de la columna, ¡cómo de repente flotan en las esquinas (5) de las calles, cuando nos volvemos nerviosos, en el borde de nuestro acera! Los entendía tan bien, habían sido mis primeros conocidos urbanos en los pequeños bares, y les debo mi primera visión de una intransigencia (6) que ahora no podía imaginármela lejos de la Tierra, que ya comenzaba a sentirla en mí. ¿Cómo aún se enfrentaban a nosotros, incluso si ya hace tiempo que habíamos escapado, si ya no había nada que atrapar? ¡Cómo no se ponían de pie (7), cómo no caían, sino que nos miraban con ojos que aún, aunque solo de lejos, nos convencían! Y sus medios siempre eran los mismos: se paraban frente a nosotros, tan anchos como podían; trataban de detenernos de donde queríamos ir; nos preparaban una vivienda de repuesto en su propio pecho, y finalmente, cuando el sentimiento acumulado en nosotros se erguía (8), lo tomaban como un abrazo en el que se arrojaban, cara adelante.

Comentario del traductor:

La primera labor de un traductor a la hora de enfrentarse con éxito a la traducción de un texto literario es analizar cuál es la intención de su autor con el mismo. Esto es, descifrar qué mensaje quiere transmitir al lector en su idioma original, y de qué modo quiere hacerlo, para así ser capaz de reproducirlo con fidelidad en el idioma destino. Por ello, comenzaré este análisis, precisamente, exponiendo lo que, a mi juicio, Kafka quiere contar en este fragmento, para luego analizar los problemas que presenta la traducción realizada por ChatGPT, que podrían apartar al lector en español de su completa comprensión.

En primer lugar, el objetivo principal del texto es trasladar la imagen de un estafador que se aprovecha de la ingenuidad de las personas que acaban de llegar a la ciudad. De hecho, la expresión original alemana «*bauernfänger*» —que da título al relato y que en español se traduce como «timador» o «estafador»— significa literalmente «caza-campesinos». Así, la imagen que Kafka pretende describir es muy similar a la de un tahúr del *Far West* que se dedica a desplumar a los pobres vaqueros que, tras meses sin salir del rancho, pueden pasar un fin de semana en el pueblo más cercano para disfrutar de todas las diversiones que normalmente no tienen a su alcance.

Kafka se detiene en resaltar varios aspectos de la personalidad de este tipo de gente que le han llamado especialmente la atención. La primera es su ubicuidad: los hay por todas partes. En español diríamos que te los encuentras «hasta en la sopa». Además, son completamente inoportunos. Se te aparecen incluso detrás de las columnas cuando te detienes junto a ellas para leer un anuncio. Incluso cuando vacilas en un cruce de calles, se las arreglan para estar allí de forma aparentemente espontánea para ayudarte a cruzar y de paso «pegar la hebra». La segunda es el sigilo con el que actúan. Te ven llegar de lejos y te espían a escondidas para evaluar las posibilidades de «llevarte al huerto». La tercera es su capacidad de imitar a personas supuestamente respetables. Te salen al paso como si fueran «taberneros» que simplemente quieren invitarte a tomar una copa o a cenar en su establecimiento. La cuarta y última es su tenacidad. Son inasequibles al desaliento. Van a intentar «sacarte la pasta» hasta el final. Incluso cuando te has conseguido alejar de ellos, son capaces de seguir pareciendo convincentes desde la distancia.

Con todo ello, Kafka pretende demostrar hasta qué punto conoce bien a los «*bauernfänger*». Y cómo, precisamente por eso, se avergüenza de haber tardado tanto en desenmascarar a este timador en concreto, al que solo ha traicionado su sonrisa.

Veamos ahora, por orden secuencial, las partes de la traducción realizada por inteligencia artificial que pueden entorpecer esta interpretación del fragmento.

1. *Creí* no es la traducción correcta. Lo correcto sería *creía*. Kafka no dejó de creer en su infalibilidad para detectar estafadores hasta ese preciso momento. En cambio, la palabra *creí* podría dar a entender que Kafka

había dejado de creer en esa capacidad suya antes de encontrar al estafador del relato.

2. La expresión alemana «*entgegentreten*» ha sido erróneamente traducida como «enfrentan». En el texto original no se habla de ningún tipo de enfrentamiento. El alemán —como idioma del tipo aglutinante que es— es muy preciso con sus verbos. Mucho más que el español. La partícula «*treten*», que significa «pisar» o «marchar», según lo que se le añada puede significar muchas cosas diferentes. En este caso la traducción correcta es «salir al paso de alguien» o «encontrarse con alguien de frente». El mensaje está claro: los estafadores te salen al paso como si fuesen taberneros en busca de clientes.

3. La expresión alemana «*herumdrücken*» ha sido erróneamente traducida como «apelotonarse». La traducción correcta en inglés sería «*linger*» o «*hang around*», lo que en español podría traducirse como «merodear». De nuevo, el mensaje está claro: gente desocupada que merodea en torno a las columnas de la ciudad esperando una víctima.

4. La traducción de ChatGPT transmite la imagen errónea de que hay una única columna en la ciudad donde se pegan los anuncios. En cambio, el texto original transmite la idea de «la columna de turno». Es decir, que el estafador se te puede aparecer de forma inesperada detrás de cualquier columna con anuncios pegados donde te haya dado por detenerte.

5. La traducción correcta de «*strassenkreuzung*» no es «esquina», sino «cruce». Eso hace que la presencia supuestamente espontánea y benefactora del estafador en el cruce donde un pobre campesino se ha desorientado tenga el sentido que el autor pretendía.

6. La expresión alemana «*unnachgiebigkeit*» ha sido traducida como «intransigencia». Esta traducción es correcta, pero no es la más adecuada en el contexto de la obra. El alemán es aglutinante. «*Nachgeben*» en alemán significa «ceder». Con la partícula «*un*» delante, pasa a significar todo lo contrario. Es decir, que «*unnachgiebig*» es el que no cede. Esto se puede aplicar por igual al que no transige como al que no cede en sus proyectos. Pero en este caso concreto está claro que a un estafador no le vale de nada ser intransigente. Lo que tiene que ser es tenaz e insistente a fin de que no se le escape ninguna oportunidad —por mínima que sea— de «hacer negocio».

7. La expresión alemana «*sich hinsetzen*» no significa ponerse en pie, sino sentarse. El error probablemente venga de la negación, «no se ponían de pie».

8. «*Aufbäumen*» ha sido traducido como «erguirse». Podría ser correcto, pero no es así. «*Aufbäumen*» es un verbo que se aplica a los caballos. En español se traduciría como «irse a la empinada» o «encabritarse», es decir, levantarse sobre las patas traseras. Es cierto que, en un sentido estricto, esto podría ser «erguirse». Pero, cuando un caballo se «encabrita», normalmente

lo hace como un gesto de protesta o rebelión ante su jinete. Y es este el sentido que Kafka emplea en su obra. El autor explica que la insistencia de un estafador puede llevar tus sentimientos acumulados a «encabritarse». Es decir, a «rebelarse».

En base a todos estos casos, podría decirse que la traducción de la inteligencia artificial falla especialmente cuando tiene que elegir entre varias alternativas correctas y el criterio debe regirse por el contexto. Más aún cuando la intención del texto es hasta cierto punto metafórica, como por ejemplo en el caso del punto 8. En general, el resultado no es del todo, como se diría en inglés, «*reader-friendly*». Las fórmulas utilizadas no siempre son las más naturales en el idioma destino. El carácter aglutinante del alemán hace que sea un idioma muy preciso y detallado. Sin embargo, justamente por ello, el traductor literario del alemán al español no tiene más remedio que «podar» un poco su versión. De lo contrario, el texto final resulta «indigesto» para el lector final.

Dicho esto, la traducción de ChatGPT es sorprendentemente buena y mejora en gran medida a las de otros traductores informáticos precedentes de acceso gratuito. Si bien, a día de hoy, no puede plantearse que una inteligencia artificial reemplace por completo a un traductor literario humano, esta aplicación le puede resultar, sin duda, de gran ayuda para incrementar la productividad de su trabajo diario. De hecho, en el «mundillo» se especula con que, en un futuro próximo, las primeras traducciones en bruto las haga de forma habitual una aplicación. Así, la función del humano se restringiría a pulir sus resultados, aportando su sensibilidad para lograr eso tan difícil: que el lector de la traducción disfrute de las mismas sensaciones y percepciones que el lector del texto en su lengua original. De este modo, se sustituiría la profesión de traductor literario por la de «corrector de traducciones literarias».

Epílogo
No dejemos de contar historias

Ricardo Ramos Rodríguez

Supongamos que sí, que llega el día en que las máquinas son capaces de producir una literatura de calidad infinitamente superior a la creada por humanos y que ni las obras de los mejores autores de nuestro tiempo pueden equipararse a los textos firmados por la inteligencia artificial. ¿Dejaremos entonces de escribir?

En incontables ocasiones se ha utilizado la imagen del hombre primitivo reunido en torno a la hoguera, contando historias —relatando para la comunidad la última caza del mamut o la caída de un rayo que incendió un árbol— como origen de la civilización. Y esa frase que dice que el arte nos hace humanos ha emborronado cientos de páginas de papel o de luz. Son tópicos, es cierto, pero los tópicos suelen encerrar no pocas verdades. Véase otro caso más adelante.

Por otra parte, la tecnología «ya» ha influido en el arte del relato. Lleva haciéndolo mucho tiempo. Milenios, de hecho. El simple acto de poder deslizar una pluma sobre un papel, en vez de tener que grabar con una cuña sobre una tablilla, lleva necesariamente a que la extensión y la complejidad de la escritura aumenten. ¿Y alguien piensa que, si Cervantes hubiese escrito *El Quijote* a ordenador, con la posibilidad de borrar, reescribir y reordenar las frases con solo pulsar unas teclas, el resultado hubiese sido «exactamente» la misma novela?

Y a ti, lector, ¿te gustaría leer un libro escrito por una IA? ¿Te gustaría hacerlo siempre? Porque al final, esto es lo que marcará, ley del mercado mediante y regulaciones aparte, que las estanterías de novedades se llenen o no de volúmenes algorítmicamente generados. Si esa es la demanda, esa será la oferta. Pero, incluso así, es posible seguir escribiendo aun sin la esperanza de que alguien nos lea, como quien lanza al océano un mensaje en el interior de una botella (he aquí el otro tópico prometido).

La tecnología ya nos ha sustituido en otros campos en los que nos ha superado y seguirá haciéndolo: trabajos mecánicos, conducción, guerra... Además, nosotros mismos delegamos en ella cada vez más nuestras propias ocupaciones diarias y competencias, volviéndonos menos autosuficientes. Basta para comprobarlo con echar un vistazo al menú de aplicaciones de nuestro móvil: la orientación en la ciudad, la selección de nuestra música, el cálculo de nuestras deudas, la elección de nuestra pareja. Bajo esta tendencia, nuestra actividad como creadores de historias parecería sentenciada, condenada al recuerdo de los nostálgicos. Y, sin embargo, creo que con las historias será distinto.

Creo que contar historias —de niños, a nuestros amigos, la última aventura; en la cama, a nuestra pareja, los sueños de mañana; al mundo, en un libro, la próxima obra maestra— forma parte de lo que somos. Creo que se trata de una necesidad tan inherente a nuestra condición humana que nada podrá reemplazarla. Y por eso, no importa lo bien que pueda llegar a hacerlo una máquina, creo que nunca dejaremos de «querer» contar historias. De llenarlas de emoción, de belleza y de nuestras ideas. De narrarlas o de ponerlas por escrito. O, lo que es lo mismo, de hacer literatura.

Este libro se terminó de imprimir
el 21 de enero de 2024,
setenta y cuatro años después
de la muerte del escritor
George Orwell.

Títulos publicados

PREGUNTA
ediciones

Relatos

Las pérdidas rojas. Chusa Garcés
Cuentos detrás de la puerta. Begoña Abad
Amor, blanco roto. Chusa Garcés
Letras de tinta. Lourdes Aso Torralba
Baños de Panticosa. Premios Literarios. Varios autores
Sobreexposición. Laura Bordonaba Plou
Desde el otro lado. Prosas concisas. Fernando Aínsa
Buscando los orígenes de aquello. Irene Achón, María Jesús Artigas, Alberto Delmalo, Ana García, Coral González, Anabel Hernández, Aitana Muñoz, María José Pardo, Eva Pardos, Elisa Pérez, Manuel Pinos, Pilar Royo
Brioleta. Encuentro de escritoras aragonesas. Lourdes Aso Torralba, María Pilar Benítez Marco, Elena Gusano Galindo, Chusa Garcés, Blanca Langa Hernández, Angélica Morales, Marta Navarro, Almudena Vidorreta
Los soñadores. Roberto Malo
Bilbilitanos en la historia. Ricardo Ramos Rodríguez
El dolor del cristal. Sergio Royo
Polar. Laura Bordonaba Plou
La prueba final y otras historias cortas. Ganadores del Certamen de Cuentos y Relatos Breves Junto al Fogaril
Viviendo en tiempo brutal. Sergio Royo
Contemplación. Franz Kafka
Zaragoza turbia. José María Tamparillas
Sabor metálico. Eva Pardos Viartola
Cuentos esféricos. Chema González
Canciones tristes que te alegran el día. Miguel Mena
Todo es agua. Begoña Fidalgo
Mar de lejos. Manuel Pinos
Sergio Royo. *Y de repente esta lluvia*
De bares y mujeres. Marta Armingol, Olga Asensio, Laura Bordonaba Plou, Clara Castán Ibarz, Begoña Fidalgo, Paula Figols, Chusa Garcés, Magdalena Lasala, Elvira Lozano, Rosa Martínez, Angélica Morales, Eva Pardos Viartola, Clara S. Mendívil, Laura Serrano
Diáspora. Isabel Gutiérrez Cía
Relatos de La Flama. María Jesús Artigas, Emilia Bayod, Marta Gascón, Clara Járboles, Merche Llop Alfonso, Abraham José Mendoza Diloy, Eva Pardos Viartola, Alfredo Pérez, Elisa Pérez Ibarra, Manuel Pinos, María José Sanjuán, Wenceslao Varona López, Gloria Verdoy
Un martes cualquiera. Laura Latorre Molins
Con voz y voto. Pioneras americanas del relato social y la ciencia ficción y tres piezas del teatro sufragista británico. Edición de Isabel Alquézar y Berta Lázaro

Novela

El último concierto de David Salas. Roberto Malo
Crónica de un deseo. Antonio Ventura
Verde mar del norte. Clara Castán Ibarz
La brújula del universo. Mario de los Santos
El eco entre la bruma. Ricardo Ramos Rodríguez

Las sombras del Imperio. Ricardo Ramos Rodríguez
La movida que te salvó. Mariano Pinós
Merecer la vida. Laura Serrano
Cariñena. Antón Castro
Los días blancos. Marta Armingol
Declive. Fernando Rivarés
Miguel Mena. *Canciones ligeras*
Hannibaal. Miguel Carcasona
Inventario de monos. Galgo Cabanas (Mario de los Santos y Óscar Sipán)
De viento y sal. Clara S. Mendívil.
Jimena. Magdalena Lasala
Catorce. Paula Figols
El silencio y su canción. Ángel Gracia
Marta. Víctor Juan
La nota muerta. Rosa Martínez
Para cenar, aire. Pedro Bosqued
Las batallas perdidas. Jaime Tomás
La fugitiva. Clara Járboles
Alcohol de quemar. Miguel Mena
La casa de los dioses de alabastro. Magdalena Lasala
Tristán. La ética del monstruo. Javier Romero Collazos
Puente de Hierro. Miguel Mena
Máscara. Ricardo Ramos Rodríguez
Leopardos en el diván. Gonzalo Fontana Elboj
Lucífugo. José María Tamparillas
Bendita calamidad. Miguel Mena
La estirpe de la mariposa. Magdalena Lasala
El colapso de la colmena. Julia Jiménez Carrera
Los Hijos de Hura. Abdelrahim Kamal
Dinero caído del cielo. Reyes Salvador
No podría estar más contenta. Marisol Aznar y María Frisa
Leitmotiv. Sergio Sarsa
Profanación. Ramón Acín

Poesía

Litiasis. Manuel M. Forega
Todas las religiones son una / No hay religión natural. William Blake
Estoy poeta (o diferentes maneras de estar sobre la Tierra). Begoña Abad
AntiaéreA. Encuentro poético en Zaragoza. Carmen Camacho, Alicia García Núñez, Marta Navarro, Chus Pato, Inés Povar, Miriam Reyes, Sandra Santana, Hermanas del Hambre (Elisa Berna y Charo de la Varga)
Todo estalla dicho. Elvira Lozano
La experiencia de la poesía. Ángel Guinda
AntiaéreA II. Poesía encontrada en Zaragoza. Ajo, Eva Antón Bravo, Zhivka Baltadzhieva, Isabel Bono, Javier Corcobado, Cristina Járboles, Laia López Manrique, David Mayor, Carmen Ruiz Fleta
Diez años de sol y edad (Antología 2006-2016). Begoña Abad
Alud. Javier Fajarnés Durán
Los países de piedra. Pablo Javier Pérez López
Existe algún lugar en donde nadie. Juan Pablo Roa

Te mataré mientras vivas (Coronación supersónica). Raúl Herrero
La ciudad y el cuchillo. Javier Fajarnés Durán
Vidrieras. Laurent Tailhade
El tiempo de las alambradas. Antología poética. Antonio Orihuela
Esta vida verde. Antología poética. Lyn Coffin
Las palabras son nocivas. Antología poética. Amador Palacios
Las locuras ya no son locuras. Antología poética. Ferruccio Brugnaro
El techo de los árboles. Begoña Abad
Satirologio. Epigramas del siglo XXI. José Verón Gormaz
Caballo de mina. Gerardo Vacana
Big Bang. José Luis Esteban
Los signos en el agua. Noventa y nueve poemas. Joaquín Sánchez Vallés
Avanza el olvido. Javier Ramón Jarne
Fábrica de la seda. Miguel Ángel Curiel
Casa junto al arrecife. Enrique Ariño Gil
Trivium. Marcos Castillo Monsegur
El lenguaje de las ballenas. Begoña Abad
El libro de horas. Rainer Maria Rilke
Gran Guiñol. Miguel Ángel Ortiz Albero
Cantares y presagios. José Verón Gormaz
Marcha por el desierto. Sandra Santana
Una guitarra de contrabando. Gerardo Vacana
Diccionario de garzas y de mirlos. Pablo Javier Pérez López
Piedra y tijeras. Nacho Tajahuerce
#MedeaHaVuelto. Angélica Morales
Madres. Begoña Abad
Todas las moradas de mi aliento. Jacques Meylan
Razón de espera. Rafael Lobarte Fontecha
Poesía. Guido Cavalcanti
Tránsito. María Pilar Martínez Barca
Viejo. Sergio Gómez
Barro. Miguel Ángel Curiel
Historia del mundo antiguo. Joaquín Sánchez Vallés
Este día, este momento. Juan Pablo Roa
El miedo del doble a la soledad. Rosa Martínez
Un vuelo sin la mecánica adecuada. Pecker
Brioleta volumen 2. Poesía aragonesa en femenino. Carmen Aliaga, María Pilar Benítez Marco, Mar Blanco, Marta Domínguez Alonso, María Dubón, Ana Giménez Betrán, Reyes Guillén, Blanca Langa Hernández, Angélica Morales, Trinidad Ruiz Marcellán, Helena Santolaya y Carlota Urgel
Entre el huerto y el corral y otros versos. Gerardo Vacana
Cantar cuarenta. Cancionero completo 1983-2023. Gabriel Sopeña
Sálvida. Sofía Díaz Gotor
La fuerza de la tierra. Paula Martínez
Ahab. Antología poética. Carlos Ramos
Enseres del invierno. Miguel Carcasona

Libro ilustrado

El dibujante de relatos. Antón Castro y Juan Tudela
La península de Cilemaga. Helena Santolaya
Marcianos. Sergio Algora y Óscar Sanmartín
La odisea de Fortunato. Pere Inglés y David Girón

No ficción

Reconstrucción. Miguel Ángel Ortiz Albero
Sahara Occidental. Cuarenta años construyendo resistencia. Varios autores
Residencia y tránsito de las letras en Aragón. Fernando Aínsa
Diario de campo de un psicólogo en un club de fútbol. Luis Cantarero
Marcelino. Muerte y vida de un payaso. Víctor Casanova Abós
Aragón en el sistema solar. Carlos Garcés Manau
Los poetas malditos. Paul Verlaine
Poetas y poéticas. Ensayos. Amador Palacios
Del espejismo de la revolución a la venganza de la victoria. Guerra y posguerra en Barbastro y el Somontano (1936-1945). José María Azpíroz Pascual
Nerín. Memorias compartidas. Varios autores. Edición de Rafael Latre
Sahara Occidental. Del abandono colonial a la construcción de un estado. Varios autores
El hombre elefante. Frederick Treves
Pasaron por aquí. Antón Castro
Nacer para aprender, volar para vivir. Un acercamiento a la poesía de Begoña Abad. José María García Linares
¡Cállate, papá! Padres y violencias en el fútbol industrial. Luis Cantarero
Metodologías activas en el aula. Innovación educativa para fomentar el aprendizaje significativo del alumnado. Pablo Usán Supervía y Carlos Salavera Bordás (coords.)
Gamificación educativa. Innovación en el aula para potenciar el proceso de enseñanza-aprendizaje. Pablo Usán Supervía y Carlos Salavera Bordás (coords.)
El viaje exterior. Ensayos censores IV. Manuel Martínez-Forega
Teruel. Otra dimensión. Juan Villalba Sebastián
Opiniones de mujeres. María Domínguez
La guerra de los robots. Cómo la tecnología está cambiando los conflictos armados. Francisco Rubio Damián
La escritura por venir. Ensayos sobre arte y literatura en los siglos XX y XXI. Sandra Santana
La vida al alcance de la mano. La discapacidad a través de mi historia. Álex Sánchez
El viaje exterior. Ensayos censores V. Manuel Martínez-Forega
El camino de la serpiente. Escritos ocultistas. Fernando Pessoa
La jota, aragonesa y cosmopolita. De San Petersburgo a Nueva York. Marta Vela
El bazar infinito. Rutas y mares entre Oriente y Occidente. Alberto Cebrián
Ríos que mueren sin mar. Viaje por las culturas de Asia central. Enrique Ariño Gil
Humanizar el fútbol. Deporte y transformación social. Julio Salinas y Luis Cantarero (coords.)
Tú eres antes que todo. Correspondencia de Ramón Acín y Conchita Monrás. Víctor Juan
Adolescentes del siglo XXI. Técnicas de liderazgo parental. Marisa Felipe
Aurora y la celiaquía. Laura Marín
Zaragoza. Historias de ida y vuelta. Miguel Mena
Aragón. Formas de ser. Miguel Mena
Viaje al mar. Diario de un nabatero. Kike Fernández
Un violinista en el Titanic. Tribulaciones de un heterodoxo. Ángel Garcés Sanagustín
Diario del último año. Florbela Espanca
Juan de Velasco, primer maestre de campo de la Ciudadela de Jaca. Marcos Mayorga
Creatividad de andar por clase. Asunción Porta
Albarracín. Un viaje en el tiempo. Juan Villalba Sebastián
Diálogos en cautividad. Antón Castro
Deambulatorio. Miguel Ángel Ortiz Albero
Mauricio Aznar y Almagato. La historia. Jaime González
Máquinas que cuentan historias. La inteligencia artificial y la literatura del futuro. Varios autores

Infantil y juvenil

La Dama, el Duende y el Rey. Tres leyendas aragonesas. Roberto Malo, José María Tamparillas, Daniel Tejero y David Guirao

Moflete, el elegante. Agustín Porras y Arturo García Blanco

La ardilla poeta y el futuro del planeta. Pilimar Aguilar y Xcar Malavida

Moflete ya sabe contar. Agustín Porras y Arturo García Blanco

Agentes del futuro. María Frisa y Xcar Malavida

Minicó dice no. Nerea Mur

El príncipe que cruzó allende los mares. Roberto Malo, Francisco Javier Mateos y David Guirao

De tu abrazo a las estrellas. Victoria Alcalde y Ruth Alarcón

Mocoloco y Flemalarga. Nines Barcelona y Nerea Mur

San Jorge y el dragón. Daniel Nesquens y David Guirao

Antes de las nueve. Pablo Ferrer, Paula Figols, Marina Santos y Christian Peribáñez

Erny, el monstruo de la Laguna Negra. María Álvarez e Irene Campos

Lex, el Tiranosaurio Rex. Roberto Malo, Daniel Tejero y Blanca Bk

La ardilla poeta y su libro de recetas. Pilimar Aguilar y Xcar Malavida